# SARAH MOORE FITZGERALD

Tradução
GLENDA D'OLIVEIRA

1ª edição

— Galera —
RIO DE JANEIRO

2016

CIP-BRASIL. CATALOGAÇÃO NA PUBLICAÇÃO
SINDICATO NACIONAL DOS EDITORES DE LIVROS, RJ

F581d
Fitzgerald, Sarah Moore
De volta a Blackbrick / Sarah Moore Fitzgerald; tradução Glenda d'Oliveira. – 1ª ed. – Rio de Janeiro: Galera Record, 2016.

Tradução de: Back to Blackbrick
ISBN 978-85-01-10583-7

1. Literatura americana. I. D'Oliveira, Glenda. II. Título.

15-28076
CDD: 028.5
CDU: 087.5

Título original:
*Back to Blackbrick*

Copyright © Sarah Moore Fitzgerald, 2013

Texto revisado segundo o novo Acordo Ortográfico da Língua Portuguesa.

Todos os direitos reservados. Proibida a reprodução, no todo ou em parte, através de quaisquer meios. Os direitos morais do autor foram assegurados.

Direitos exclusivos de publicação em língua portuguesa somente para o Brasil adquiridos pela
EDITORA RECORD LTDA.
Rua Argentina, 171 – Rio de Janeiro, RJ – 20921-380 – Tel.: (21) 2585-2000, que se reserva a propriedade literária desta tradução.

Impresso no Brasil

ISBN: 978-85-01-10583-7

Seja um leitor preferencial Record.
Cadastre-se e receba informações sobre nossos lançamentos e nossas promoções.

EDITORA AFILIADA

Atendimento e venda direta ao leitor:
mdireto@record.com.br ou (21) 2585-2002.

*Em memória de Paul Stanley Moore:*
*Pai-fenômeno.*

*Disto, ao menos, estou seguro: de que não há possibilidade de existir algo esquecível para a mente; uma centena de acidentes pode, e vai, fazer cair um véu entre nossa consciência e as inscrições secretas da mente; acidentes da mesma espécie também suspenderão esse véu; mas igualmente, veladas ou não, para sempre permanecerão as inscrições, da mesma forma como as estrelas parecem se retirar antes da luz do dia, enquanto, na realidade, todos sabemos que é a luz que se desdobra à frente delas como um pano, atrás do qual elas esperam para serem reveladas quando a luz ofuscante tiver sido retirada.*

*Thomas de Quincey*
*Confissões de um comedor de ópio*

# 1

Meu avô foi a pessoa mais inteligente que já conheci, então era estranho ver a forma como as pessoas o tratavam no fim — como se fosse um idiota completo. Um dia, estávamos os dois esperando o trem chegar, sem incomodar ninguém, quando um garoto me disse:

— Ei. Ei, você. Qual é o problema do velho?

Para ser justo, meu avô estava de fato no meio de uma longa conversa com um poste de luz. Ainda assim, isso não dava ao menino o direito de ser tão intrometido.

Cheguei um pouco mais para perto dele e sussurrei:

— Ele tem uma doença rara que, do nada, faz com que fique violento com qualquer um que resolva fazer perguntas idiotas sobre pessoas que não conhece.

Naquela mesma semana, vovô e eu assistimos a esse documentário que falava tudo a respeito de como Albert

Einstein estava sempre procurando suas chaves e usando sapatos esquisitos e deixando o cabelo sem pentear por semanas a fio.

— Viu, vô — disse a ele. — Einstein era igualzinho a você. E ninguém nunca pensou que tinha nada de errado com o cérebro *dele*.

— Ninguém exceto os professores, que aparentemente achavam que ele era um imbecil — respondeu vovô.

No dia seguinte, vovô me perguntou onde ficava o banheiro. E no que se seguiu a esse, olhou para mim e disse de repente: "Maggie, Maggie, qual é o plano de ação agora? Quando é que vamos para casa?", o que foi um pouco confuso, considerando-se que não havia plano de ação algum e que *já* estávamos em casa. E também que meu nome não é Maggie.

É Cosmo. Quando for legalmente adulto, vou mudá-lo por meio de uma ação de alteração de nome civil. Dei uma olhada e o processo é relativamente simples.

A primeira vez em que vovô urinou no lava-louças foi quando eu e minha vó nos demos conta de que teríamos que fazer algumas mudanças. Por exemplo, criamos o hábito de colocar a função de ciclo de lavagem com água superquente para funcionar duas vezes.

Ele começou a repetir o que dizia várias e várias vezes, e foi assim que soube que definitivamente havia algo de errado, pois ele nunca fora uma pessoa repetitiva. Começou a ficar bem irritante. Passou a se esquecer de coisas que jamais se esperaria que alguém esquecesse, como o fato de que meu irmão Brian tinha morrido, embora àquela altura já estivesse morto havia um tempo. Vovô ficou com a ideia fixa de que Brian estava, na verdade, na cozinha, completamente vivo e pronto para fazer chá para qualquer um que gritasse a ele:

— BRIAN! BRIAN! FAÇA UM FAVOR COMO O BOM MENINO QUE É E TRAGA UM CHÁ PARA NÓS!

Assim, era *eu* quem geralmente tinha que ir fazer o chá idiota. Vovô sempre exclamava "ah, fantástico" depois do primeiro gole, como se a bebida fosse a melhor coisa do mundo.

Quando começou a se levantar no meio da noite e perambular pela casa, remexendo e vasculhando gavetas e tudo mais, eu e vovó passamos a ter que ficar atrás dele. Tínhamos de pensar em maneiras bastante engenhosas para convencê-lo a voltar para cama, o que normalmente levava séculos. Às vezes vovô já tinha chegado ao jardim antes mesmo de acordarmos. Então saíamos correndo até onde ele estava, tremendo, magro e vazio. Como uma sombra.

— Vô, o que é que você está fazendo aqui no escuro? — perguntava eu.

— Na verdade, não sei. Sempre gostei do escuro — respondia ele.

E depois disso, vovó se sentava com o marido, como se fosse ele quem precisasse de consolo, embora tivesse sido eu quem acordara no meio da noite. Ele dizia para ela "ah, minha garota", como se vovó Deedee fosse jovem, coisa que obviamente não era. E ela olhava para as mãos dele e as acariciava e comentava como eram bonitas.

Não me entenda mal — acho que muitas coisas boas poderiam ser ditas a respeito de meu avô, pois ele era um cara ótimo e tudo mais —, mas realmente não acho que dava para dizer que as mãos dele eram bonitas. Para começo de conversa, eram velhas e amarronzadas, e tortas como as raízes de uma árvore. E, além disso, no lugar do dedo indicador da mão direita, ele tinha uma espécie de cotoco que só chegava à primeira falange. Não era tão aparente, a não ser quando ele tentava apontar para algo.

Sempre que lhe perguntava o que acontecera àquele dedo, ele olhava para baixo, os olhos faziam um giro completo, e dizia:

— Deus do céu! Meu dedo! Perdi o dedo! Reúnam uma equipe de busca!

Era meio que uma piada nossa antes de ele adoecer. Ninguém mais entendia.

Tentei conversar com minha avó a respeito da memória de vovô, mas ela fingia que não era nada de mais. Disse que faríamos o melhor por ele pelo tempo que pudéssemos, mas que em alguma hora teríamos de contar a tio Ted, que na época morava em São Francisco, trabalhando como cientista, e nunca atendia ao telefone.

— Não tem nenhum remédio de cabeça ou coisa assim que o vovô possa tomar? — perguntei a ela.

— Cosmo, meu amor, ele já toma muitos medicamentos.

— Bem, sem querer ofender, vó, mas acho melhor a senhora voltar ao médico com ele e pedir para ajustar a dose.

— Não é a dose — garantiu ela. — É a doença.

Não achei que fosse uma atitude muito construtiva. Disse a ela que estava certo de que havia vários médicos que sequer faziam ideia do que estavam falando. Comecei a contar para ela sobre esse homem a quem eu assistira no canal Histórias de Vida Reais... Ele sofrera um infarto porque lhe deram veneno para rato em vez de medicamentos para controlar o colesterol. Diante disso, tudo o que ela disse foi: "Ah, pelo amor dos Céus, Cosmo. Dá para você parar com isso?" O que foi bem pouco simpático da parte dela, se quer saber minha opinião. Minha avó não costumava ficar de mau humor assim, não importava o número de coisas que eu lhe contasse.

Mais tarde naquela noite, pesquisei no Google "perda de memória" e, sinceramente, não sei por que não o fiz antes. Descobri que existe um monte de informações para pessoas em nossa situação. O primeiro link em que cliquei era para um website chamado:

# A CURA PARA MEMÓRIA

*Estratégias comprovadas para retardar e reverter a perda de memória relacionada à idade quando alguém que você ama começa a esquecer.*

Essas reluzentes palavras de esperança brilharam da tela, fazendo-me piscar, e pude sentir litros de alívio inundarem meu corpo inteiro, até os dedos dos pés.

# 2

O site de cura para memória trazia conselhos excelentes, escritos em forma de ações, numa linguagem clara, que qualquer um poderia entender:

## AÇÃO NÚMERO 1

- *Fale com seu ente querido a respeito do que passou.*
- *Use fotografias antigas de familiares e amigos para iniciar conversas a respeito do passado. Você ficará surpreso pelas coisas que conversas assim despertarão.*

No canto da sala de estar, havia retratos de todos nós — de minha mãe e tio Ted quando eram jovens, e um do vovô Kevin e da vovó Deedee quando já não eram mais tão jovens, mas também nem tão velhos, olhando na mesma direção, para o horizonte. Havia também fotografias bastante humilhantes de mim quando ainda era um bebezinho pelado, com meu irmão Brian.

Não teria achado ruim se me chamasse Brian. No entanto foi meu irmão, e não eu, quem ficou com o nome não patético. Disse à vovó que não achava isso justo, especialmente agora que ele não precisava mais do nome porque estava morto. Ela ponderou:

— Querido, sei que não quis dizer isso sobre o seu irmão amado, cujo nome será sempre dele.

— Não, não, é claro que não — respondi, embora não estivesse sendo sincero.

— Vô, quem é esse? — perguntei, apontando para um de meus retratos de bebê.

— Acho que não consigo lembrar — respondeu ele.

— Sabe quem sou eu? — indaguei, estufando o peito.

— Não — rebateu ele. — Sinto muito mesmo.

Avisei que não se preocupasse, que não tinha problema, ainda que obviamente houvesse muitos problemas em se esquecer do próprio neto.

As pessoas atravessam fases, e muitas delas chegam do outro lado perfeitamente bem. Não acho que se deva diminuir alguém só por ocasionalmente ficar confuso e ter que ser guiado até o banheiro.

No jantar daquela noite, vovô franziu a testa e mastigou a comida muito lentamente, sem dizer coisa alguma durante muito tempo. Em seguida, olhou para a esposa e perguntou:

— Onde está Brian?

— Ah, querido, não se agite — disse ela, o que foi uma atitude um pouco condescendente, em minha opinião.

— Ele caiu da janela — falei, querendo ajudar.

— Caiu?

— Sim, querido — continuou minha avó, chegando-se mais a ele e acariciando de leve sua mão. — Infelizmente é verdade.

— Ele está morto, não é? — perguntou vovô.

— Sim, ele está — respondeu a esposa.

— Ah! — exclamou. Trincou a mandíbula e começou a limpar algo invisível do suéter. — É, foi o que pensei. Digo, é claro. Sabia disso. — Então pousou a mão na testa, soltando esse suspiro trêmulo, e ficamos todos em silêncio por um momento, ouvindo o tiquetaquear do relógio na parede.

Não havia nada no site sobre como proceder caso falar sobre o passado fizesse seu ente querido chorar. Sendo assim, vovó e eu tentamos rapidamente passar para a estratégia de animá-lo, falando de outras pessoas que ele amava, o que foi um pouco difícil, considerando-se que muitas delas tinham desaparecido e ido para São Francisco ou para a Austrália.

## AÇÃO NÚMERO 2

- *Coloque etiquetas visíveis nos objetos e fotos da casa.*
- *Contanto que a capacidade de leitura de seu ente querido permaneça intacta, esse é um bom meio de ajudá-lo no dia a dia.*

Coloquei esse sistema em prática, escrevendo instruções em Post-its que colei em todos os lugares. Diziam coisas como: "abra a geladeira e pegue o QUEIJO", ou "aqui fica o VASO SANITÁRIO, onde se faz XIXI", e "este é o LAVA-LOUÇAS (que serve para lavar LOUÇA)".

Também escrevi os nomes das pessoas e os deixei colados nos retratos:

"Brian (seu neto — FALECIDO)"

"Tio Ted (seu filho — em São Francisco)"

"Sophie (sua filha — inventando moda em Sydney)"

Na foto de vovó, escrevi: "Deedee, sua esposa"

Essas indicações funcionaram bastante bem, salvo pela de Brian, que não teve um efeito tão bom assim em nenhum de nós. Tive que me livrar dessa etiqueta pouco depois. Uma coisa é saber que se tem um irmão falecido. Outra é ter que ler a informação toda vez que nos sentamos para comer um cereal, por exemplo.

Por isso, escrevi outra etiqueta que dizia: "Brian, seu neto. Ficará afastado por um tempo."

Isso pareceu dar alento a vovô e, de um jeito engraçado, a mim também. Se lemos algo com frequência, parte de nós começa a acreditar naquilo. Ainda que seja uma mentira e essa mentira tenha sido escrita por nós mesmos.

Vovó dizia que eu me preocupava com as coisas mais estranhas, como a possibilidade de a casa cair. Todos diziam que era porque meu irmão havia morrido. Achavam que passar o tempo inteiro preocupado era minha maneira de ficar triste. Discordo. Não é a tragédia que faz do mundo um lugar estressante — é a *possibilidade* da tragédia, e acho que era isso que me atormentava. Estar constantemente com medo de perder aquilo de que eu mais necessitava era exaustivo.

Mas nunca era tão ruim quando estava com meu avô. Sempre que eu começava a surtar por um motivo ou outro, ele parecia notar. Identificava aquela pequena gotinha de preocupação emergindo de algum lugar enterrado no fundo de mim antes mesmo que eu a notasse. E sempre que a via, aproximava-se um pouco mais e dizia:

— Cosmo, meu velho amigo, acho que está na hora de ir descansar um pouquinho, não?

E talvez sugerisse que eu pudesse querer tomar um banho. E, mais cedo ou mais tarde, eu diria:

— É, acho que sim. — Então, tomava banho, e vovô acendia uma grande e antiquíssima vela, e a colocava na prateleira.

Vovô já tinha acendido a fogueira quando eu saía do banheiro e me sentia todo limpo e quentinho. Gostava de ler para mim histórias de antigos livros capa dura, de autores como Charles Dickens. As narrativas geralmente apresentavam crianças que estavam presas em orfanatos, ou doentes e pobres, mas muito alegres ao mesmo tempo. Falavam a respeito de pessoas que eram forçadas a trabalhar em condições terríveis, mas que se amavam umas às outras, eram bem-educadas, não reclamavam e eram muito leais aos membros da família, não importava a situação.

Ouvia sua voz rouca e velha, e me sentia muito confortável. Dessa forma, me afastava do que quer que estivesse me deixando em pânico e começava a me sentir tranquilizado e bem cuidado. Olhava para seu rosto idoso, e as sombras dançavam e tremeluziam a nosso redor, pois o fogo já estava forte e bem vivo àquela altura. Sentia-me mais calmo e melhor. Ia para a cama e, no dia seguinte, já estaria mais ou menos bem outra vez.

Ouvimos ruídos metálicos e batidas na cozinha. Desci para ver qual era a fonte daquela algazarra, pronto para a próxima emergência. Mas vovô estava fazendo um sanduíche de queijo para o café da manhã. Sorriu para mim. Fiquei extasiado. Minhas táticas de cura para a memória estavam obviamente começando a funcionar, e ele subitamente fazia um progresso fantástico.

— Conto com você para me manter na linha — disse ele, mastigando e apontando para as etiquetas e recados.

Vovó também ficou muito satisfeita, ainda que geralmente preferisse que eu não tomasse qualquer iniciativa quando se tratava de ajudar com a situação do vovô.

— Obrigada pelo novo sistema de etiquetação, Cosmo. Foi uma coisa tão gentil, não foi, Kevin? — elogiou ela, e vovô assentiu com a boca cheia. Vovó me deu tapinhas amorosos na cabeça, como se fosse um filhote de gato, um cachorro ou algo do gênero.

Mais tarde na mesma noite, enquanto ajudava a colocá-lo na cama, ele olhou para mim. Os olhos tinham uma espécie de palidez que jamais vira.

— Caramba! — exclamou ele. — Quem é você?

— Vô, sou eu — respondi. — Não está conseguindo me ver? Sou eu, Cosmo.

— Bem, olá, Cosmo. É um prazer conhecê-lo. Meu nome é Kevin, Kevin Lawless.

Puxei o edredom até a altura de seus ombros. Disse para ele que tentasse dormir um pouco. Respondeu que faria um esforço.

Algumas pessoas poderiam pensar que viver com gente tão velha quanto meus avós seria deprimente e infeliz — uma vida de relógios tiquetaqueantes e chocolate quente e programas de rádio com *quiz*. Mas não era nem um pouco assim. Em geral era excelente. Eles compraram um grande abajur de lava verde para meu quarto, que tornou a iluminação do cômodo cheia de formas mutáveis e interessantes, e, quando lhes disse que os lençóis da cama estavam ficando um pouco ásperos, providenciaram imediatamente um enorme edredom branco e macio e uma tonelada de almofadas verdes. Disseram que aquela era a minha casa agora e que eu poderia levar amigos para me visitar quando quisesse. Decidi não mencionar que não tinha amigos. Não queria que soubessem que o único neto vivo era um lobo solitário. Já tinham preocupações demais e não precisavam ter que lidar com questões assim.

Meu avô fazia várias coisas legais por mim, mas a melhor de todas foi esta: no mesmo dia em que me mudei, ele foi até uma fazenda e, quando voltou, trazia um cavalo. Disse que tinha percebido que não havia mais sentido em manter o dinheiro parado no banco.

"Não há nada como ter um cavalo para ajudar a esquecer dos problemas" foi o que ele disse na época, e tinha razão. Se você leva a sério o fato de ter um cavalo, as responsabilidades são muitas, como sua alimentação, boa forma e os cuidados com os cascos, de modo que não dá para desperdiçar tempo com outras preocupações. Sempre que eu começava a ruminar a respeito de algo, vovô me falava que o passado está congelado como gelo, e que o futuro é líquido como água. E que o presente é o ponto de congelamento do tempo.

— Aproveite ao máximo o presente — aconselhava ele. — Costuma ser o único lugar em que conseguimos fazer qualquer coisa que valha a pena.

Ainda gosto de pensar sobre isso às vezes. Toda a raça humana — todos nós —, guerreiros do presente, tornando futuro líquido em passado sólido a cada momento que passa.

Em um primeiro momento, vó Deedee brigou com vovô por causa do cavalo. Perguntou a ele se tinha "terminado de perder todos os parafusos" e disse que, no mínimo, devia tê-la consultado antes. Vovô, no entanto, continuou garantindo que tudo ficaria bem, e, por um bom tempo, ela continuou acreditando. Nós dois continuamos.

Não sei ao certo se já mencionei, mas a razão para ter me mudado para a casa de meus avós foi porque minha mãe precisou ir para Sydney. Tinha algo a ver com o fato de que o mercado tinha secado por estes lados.

— Pelo menos ela tem celular — ponderou vovó, tentando me alegrar depois que a filha se foi.

— É, que bom, graças a Deus por isso — respondi.

Sempre que mamãe ligava para dar um oi, eu pedia que vovó dissesse a ela que eu estava cem por cento ótimo. Ela argumentava: "Querido, por que é que você mesmo não diz a ela?" enquanto segurava o telefone em minha direção, como se fosse uma espécie de arma. Mas eu geralmente estava muito ocupado, para ser perfeitamente franco. E, de qualquer forma, é difícil entrar no clima de falar com alguém que se mandou para Sydney, quando ainda existem várias pessoas por aqui que achariam um tanto útil se ela tivesse continuado onde estava.

Não quero ser mau nem nada, mas tinha começado a achar que minha mãe não era realmente uma boa mãe. Não só me deu um nome bem idiota, como também me deixou sozinho para lidar com várias situações com as quais sequer deveria ter que me preocupar. Era apenas uma criança. Não era justo. Não fui *eu* quem fez as malas e disse que estava indo embora, por mais que tivesse gostado de fazê-lo. Não se foge dessa forma só porque as coisas ficaram um pouco difíceis. *Eu*, por acaso, acredito que, quando alguém tem responsabilidades, precisa ficar e encará-las.

Teria preferido mil vezes manter os problemas de vovô em segredo, mas acontece que o garoto que encontrei na estação de trem era da minha escola. Ele contou a alguns meninos da turma o que vira vovô fazendo, e, depois, esses meninos saíram por aí falando que meu avô era um louco psicótico. Contaram a todos que ele falava com postes de luz e fazia xixi em público, o que era verdade, mas soava muito pior quando saía de suas bocas.

E, de repente, a escola inteira pareceu ciente da notícia de que meu avô era maluco de verdade, coisa da qual ficava cada vez mais difícil discordar.

Seria natural pensar que o fato de ter um avô lelé da cuca pudesse inspirar as pessoas a ser um pouquinho mais simpáticas de vez em quando, mas não é assim que funciona. DJ Burke começou a me chamar de "Perdedor". Não que eu me importasse com o que pensavam de mim — é só que "Perdedor" provou ser exatamente um daqueles apelidos difíceis de ignorar, especialmente quando é DJ Burke quem começa com a brincadeira.

— Não dê corda para ele — disse Deedee, quando decidi contar a respeito.

— Dee, esse é o conselho mais inútil que você pode dar a um garoto diante dessa situação — argumentou vovô.

Fiquei extremamente feliz. Era mais uma prova de que o cérebro dele ainda estava funcionando muito bem.

Vovô me pegou pelos ombros e me fitou com grande concentração e entusiasmo. Então disse:

— Jogue esse garoto no chão com toda a força. Coloque o pé em cima do peito dele e aponte o sapato na direção do queixo, dizendo que a sua vontade é mais forte do que a dele. Mantenha-o no chão desse jeito até ele concordar em não chamá-lo mais desses apelidos. Isso deve funcionar.

Depois que ele se deitou, vovó me disse que não eu podia, nem por um segundo, pensar em aceitar o conselho, e explicou que vovô não estava em seu juízo perfeito quando sugerira aquilo. Respondi que tudo bem, que não faria nada, ainda que em minha cabeça estivesse pensando que aquela soava como uma estratégia bastante boa. Parecia ter muito mais potencial do que a metafórica restrição de corda de vó Deedee.

Pouco tempo depois disso, DJ passou um intervalo inteiro gritando "Ei, Perdedor!", aí veio até mim e ficou cerca de 10 segundos me encarando bem de perto e respirando alto. Depois, cuspiu o chiclete em mim e puxou a mochila das minhas costas, fazendo tudo o que havia lá dentro, como compasso e régua e canetas, cair e escorregar e se espalhar pelo chão do corredor.

— Vai se ferrar! — exclamei, enquanto DJ ia embora, mas talvez baixo demais, pois não creio que tenha ouvido.

— Cosmo, por que é que parece que o caos o acompanha aonde quer que vá? — indagou a Sra. Cribben, minha professora de história, que por acaso passava por ali. E senti vontade de mandar ela se ferrar também. Acabei não me dando ao trabalho.

Mais tarde na aula, quando a mesma professora perguntou a cada um de nós qual era a nossa habilidade especial, respondi que era cavalgar.

Os gêmeos Gerathy começaram a rir daquela sua maneira idêntica, mostrando os dentes estranhamente pequenos, e DJ Burke soltou um bufo de escárnio que fez com que meleca saísse de seu nariz.

Não entendi qual era o problema em falar a verdade, ainda que soasse hilária aos três maiores idiotas da turma.

Meu avô me ensinou tudo o que sabia a respeito de cavalos, inclusive como galopar bem rápido. É uma tarefa bastante difícil, mas ele sempre dizia que eu era um cavaleiro nato.

Pelo menos era o que costumava dizer até se esquecer do meu nome e começar a me perguntar quem eu era e o que fazia em sua casa.

Ter um cavalo era maravilhoso, ainda que todos continuassem muito incomodados por conta dos custos de aluguel dos estábulos. Contudo, até onde eu sabia, a despesa valia muito a pena, pois, caso contrário, não teríamos onde manter o animal.

Meu cavalo se chamava John. Eu o levava para passear todos os dias depois das aulas. Costumava gritar por vovô assim que chegava em casa, e, em seguida, ele vestia o casaco e eu jogava a mochila no chão perto da porta. Vovó esticava a cabeça para fora da janela quando já estávamos indo embora.

— QUANDO é que você vai fazer o seu dever de CASA? Vovô e eu respondíamos ao mesmo tempo: "Depois!", e nossas vozes pareciam uma só. Depois íamos aos estábulos, e ele me dizia que eu estava aprendendo um milhão de lições importantes quando saía para galopar com John; "melhor do que fazer qualquer dever de casa", era o que costumava dizer.

Meu avô examinava atentamente cada um dos cascos de John e corria o toco de dedo por entre as cavidades das ferraduras para sentir cada um dos preguinhos e se certificar de que estavam bons e bem apertados. Se algum deles estivesse um pouquinho frouxo que fosse, ou desgastado, ou ruim, ele trocava a ferradura, polindo e aparando todas as partes desniveladas, já que essa é a única forma de se ter cem por cento de certeza de que o cavalo permanecerá saudável. Por precaução, me ensinou a fazê-lo também, para o caso, disse, de chegar um dia em que ele não mais pudesse.

Cuidadosamente instalávamos a sela e o bridão, e vovô me observava montar em John, que era capaz de se mover extremamente rápido. John era cem por cento melhor do que muitos seres humanos que conheci. Nunca me deu apelidos, por exemplo, ou fez perguntas indiscretas, ou se cansou de mim por eu ser neurótico. Obviamente. Porque era um cavalo.

Nem todos merecem um cavalo. Não é o mesmo que ter um Nintendo Wii ou um skate, ou algo assim. Pessoas que não têm muita capacidade de concentração, como a maioria dos idiotas da minha turma, jamais seriam capazes de cuidar de um animal como esse, nem em um milhão de anos. Isso porque não se pode deixá-los largados em um canto quando cansamos de brincar com eles. Cavalos são uma responsabilidade gigantesca.

Os cascos de cavalo têm formato curvo, e, quando galopam, a ponta da curva atinge o solo e se expande muito levemente a fim de absorver o impacto. Em seguida, o sangue corre para as patas, que é exatamente do que o animal precisa quando galopa. Especialmente se está carregando uma pessoa adulta nas costas.

Se você mantém um animal preso em locais úmidos, os cascos podem ficar encharcados e, dessa forma, acabam criando feridas horríveis. Se trocarmos as ferraduras com frequência demais, o excesso de buracos de prego na borda dos cascos pode arruiná-los. Se vir um cavalo manco ou vacilando ao trotar, é provável que o dono não tenha dado grande atenção para suas patas.

Só de olhar a maneira como um cavalo fica parado, posso dizer imediatamente o que há de errado, qual pata precisa de cuidados e por quê. Também sei como aparar as partes da sola que cresceram demais, substituir ferraduras ou remover as que estão ruins.

Ainda que fosse ele o especialista, vovô disse que eu também lhe ensinara algumas coisas. Disse que conseguia fazer os cavalos confiarem em mim. Jamais ficavam agitados quando me aproximava.

Disse que ser merecedor de confiança já é ganhar metade da batalha na vida, independentemente do que se tentava fazer.

Eu e John frequentemente galopávamos tão rápido que as pessoas nos estábulos sacavam cronômetros. Diziam a meu avô que eu definitivamente devia pensar na possibilidade de entrar em competições da minha faixa etária.

Mas jamais quisemos ganhar prêmios. Vovô não fazia anotações sobre nosso progresso, tempo, nada do tipo, não importava quantas vezes lhe dissessem que deveria fazê-lo.

— Quando a ambição levanta seu feio narizinho, a alegria foge para longe — dizia vovô.

— O que isso quer dizer? — perguntava eu.

— Que quando a gente encontra alguma coisa que vale a pena fazer por simples prazer, não podemos estragá-la.

Era ótimo quando John e eu saíamos por aí voando. Vovô nos assistia, debruçado na cerca, apoiando o queixo nos braços com um sorriso no velho rosto amável. Nunca sabíamos até onde tínhamos galopado. Nunca sabíamos a velocidade atingida. Não importava. Fazíamos apenas por prazer.

E, quando estávamos galopando muito rápido, conversava com John da mesma forma que conversaria com alguém que se importasse comigo. Contava a respeito das coisas ruins que me diziam, que era mais ou menos o que teria dito a minha mãe se ela estivesse por perto. Expliquei para John que Sydney, na Austrália, ficava a cerca de 17.420 quilômetros de distância, e contei sobre o que acontecera com Brian. Não estou dizendo que ele entendia todos os detalhes, mas definitivamente me escutava, ao contrário de muita gente que conheço. Enquanto trotávamos como raio, volta e meia cantarolava em sua orelha, aos sussurros, uma música que mamãe costumava cantar para mim quando era pequeno. Não sei ao certo o motivo, pois a canção falava sobre ver um bebê pela primeira vez e querer beijá-lo, e coisas relativamente constrangedoras do tipo, mas sei que John gostava do som das palavras. John era quente e forte e cheio de potência. Sempre tive a sensação, mesmo quando estávamos indo muito rápido, que de alguma forma ele e meu avô me mantinham seguros.

Durante todo o tempo em que trotávamos, vovô sempre parecia orgulhoso e encantado, as bochechas ficando vivas e vermelhas. Depois que terminávamos, ele me ajudava a dar banho em John com a mangueira e a escová-lo. Depois, o alimentávamos e levávamos de volta à baia. Terminado tudo isso, vovô e eu caminhávamos de volta para casa.

Queria que fosse assim para sempre. Nós três juntos no estábulo. No final, porém, vovô já não conseguia me acompanhar. Fez o máximo que pôde e tudo o mais, mas dar o melhor de si nem sempre quer dizer que terá resultados incríveis.

Fez frio naquele último outono, mas praticamente não choveu. Quando finalmente terminávamos com John, a claridade quase sempre já tinha acabado.

— Adoro o escuro. Adoro o escuro — repetia vovô, enquanto voltávamos para casa sob o céu noturno.

— É, eu sei, vô. Você sempre fala isso.

Eu entendia o que ele estava querendo dizer. O escuro é como um lençol encobrindo o mundo, esperando o momento em que será puxado para que tudo volte a se iluminar.

# 3

Sei que estamos enfrentando uma recessão e tudo o mais, mas Austrália? É, tipo, o mais longe que alguém pode ir. Apostei com mamãe que havia mercados novos em algum lugar mais perto, e ela chegou a admitir que provavelmente eu estava certo. Mas nada do que mamãe diz conta se ela estiver olhando os e-mails pelo celular enquanto fala. Ela já partiu faz séculos. Dissera que voltaria logo, e eu nem notaria que tinha ficado fora. Estava começando a acreditar que tinha razão. Nem notaria que tinha ficado fora, pois já não consigo me lembrar da época em que esteve aqui.

## AÇÃO NÚMERO 3

- **Torne os ácidos graxos ômega-3 parte do plano de nutrição diário de seu ente querido.**
  **Os óleos ômega-3 contêm todos os ingredientes necessários para manter o cérebro forte. A melhor fonte são os peixes — salmão defumado é um alimento muito útil de se ter à mão na geladeira. Pode ser usado em uma grande variedade de lanches e refeições saudáveis.**

No supermercado, havia uma oferta especial excelente: duas postas inteiras de salmão defumado por 10,99 euros. Peguei dinheiro na bolsa da minha avó para comprar cinco pacotes, pois não é todo dia que a gente encontra uma oferta econômica como essa.

A caixa do estabelecimento quis saber se eu ia dar uma festa. Não era da conta dela. Respondi que sim.

— Bem, boa sorte então — desejou ela.

— É, aham, obrigado.

Quando vovó abriu a geladeira, três das embalagens caíram no chão e ela ficou a ponto de explodir, algo que não costumava acontecer com frequência. Disse que eu tinha me comportado como um ladrãozinho, o que foi uma total má interpretação dos fatos. Disse que tinha que me livrar imediatamente de quaisquer problemas comportamentais que eu estivesse atravessando, pois ela já tinha problemas demais.

Fiz patê de salmão defumado, seguindo uma receita que peguei na internet, com suco de limão e pimenta. Levei séculos para conseguir terminar.

— Louvada seja a era da informação — exclamou vovô, que disse que aquele era basicamente o prato mais gostoso que tinha experimentado na vida. Vovó comentou que, engraçado, era a *exata* mesma receita que ela costumava fazer muitos anos antes, mas que vovô devia ter esquecido. Levantou-se, jogou o guardanapo na cadeira e saiu rapidamente do cômodo.

Depois, como se já não houvesse tensão o suficiente na casa, meu avô caiu da escada. Tivemos que chamar a ambulância, e vó Deedee e eu fomos com ele para o hospital. Ele tinha quebrado uma perna. Vovó deu aos médicos uma tonelada de informações a respeito do marido e seu comportamento recente, o que concluí de imediato que tinha sido um erro.

As pessoas do hospital nos emprestaram uma cadeira de rodas. O sol já estava nascendo quando finalmente levamos vovô para casa.

No dia seguinte, uma mulher chamada Dra. Sally chegou a nossa casa com algumas outras pessoas. Eu estava à janela da sala de estar e vi quando chegaram. Estacionaram na calçada, o que é ilegal, e cochicharam algo entre si enquanto seguiam até a nossa porta. Vovó me disse que eram assistentes sociais.

A Dra. Sally usava uma camisa branca limpa e impecável, com pequenos botões transparentes em forma de flor. A primeira coisa que fez foi me contar tudo a respeito de seus filhos espetaculares e que um deles tinha a mesma idade que eu, como se realmente me importasse. Sorriu praticamente o tempo inteiro. Não é possível que alguém no mundo seja permanentemente feliz e satisfeito e entusiasmado como ela parecia ser.

Insistiu em fazer todas aquelas perguntas irrelevantes e intrometidas: onde eu costumava fazer o dever de casa, há quanto tempo minha mãe estava fora, o que fazíamos nos fins de semana e quantas pessoas vinham nos visitar.

Enunciava todas as palavras com cuidado e clareza fantásticos, especialmente quando falava com vovô, que obviamente ela confundiu com algum tipo de imbecil. E, para ser justo, ele não foi de grande ajuda em minha missão para conseguir que aquela gente nos deixasse em paz. Àquela altura, tinha mais ou menos perdido a capacidade de fazer qualquer coisa.

A Dra. Sally disse que faria um "pequeno teste" com vovô.

— Quem é este, Kevin? Quem. É. Este? — gritou para ele, alto e devagar, apontando o dedo para mim, a unha cuidadosamente pintada com esmalte. Vovô parecia pálido e distante, e disse "obrigado", o que obviamente não era a resposta certa.

— Pare com isso — pedi. — Você está deixando vovô estressado. Deixe ele em paz. Meu avô sabe quem eu sou. Só porque não quer te contar não significa que não saiba.

— Tudo bem, Cosmo, está tudo bem — repetia ela.

E também ficava dizendo como devia ser de partir o coração ter que ver meu avô sofrendo daquela maneira. Mas, para falar a verdade, não partia. Só deixava meu cérebro confuso, o que é totalmente diferente.

Nunca pedi a ela que mostrasse uma cópia de suas qualificações, embora devesse ter pedido. Tampouco perguntei se tinha um mandado de busca, mas deveria tê-lo feito também, considerando-se toda a sua intromissão. Ela sentou-se com meu avô e fez um batalhão de outras perguntas, como quem era o presidente dos Estados Unidos, o que cenouras e batatas tinham em comum, em que ano começou a Segunda Guerra Mundial, qual tinha sido seu primeiro trabalho e como perdera o dedo.

Meu avô olhou para a mão e disse:

— Deus do céu! Meu dedo! Perdi o dedo. Reúnam uma equipe de busca!

— É isso que ele diz sempre. É uma piada. — Tentei explicar, mas podia ver, pela maneira como a mulher escrevia em sua prancheta, que não tinha achado nada engraçado.

Poucos dias depois, sem aviso, tio Ted chegou de São Francisco.

Vovó ficou exultante ao vê-lo e disse que ele estava fantástico, o que definitivamente não era verdade. Uma grande parte de seu nariz estava vermelha e descamanda, e ele trazia uma mala de couro pendurada no ombro. Quando vovó saiu para fazer um chá, Ted olhou para o rosto do vovô e perguntou: "Comé que vai, pai?". Só que vovô não estava com vontade de conversar, o que era totalmente prerrogativa dele. Ted me perguntou para que eram todos os Post-its, mas eu não estava a fim de explicar a coisa toda.

— São para o papai, não são, Cosmo? — concluiu ele por fim, como se achasse que era uma espécie de detetive.

— É, para quem mais você achou que seriam? — respondi.

Ted é um cientista. Pela maneira como falava do trabalho, dava a impressão de ter passado a vida inteira dividindo átomos e fazendo baços crescerem de orelhas de ratos e tal. Era, no entanto, muito pouco criativo quando se tratava de problemas mais pessoais. Ted me disse que ninguém jamais se recupera de Alzheimer, que é o que ele disse que vovô tinha. Eu definitivamente não aceitaria isso. Por que deveria acreditar na palavra de alguém quando existem aproximadamente mil sites que dizem totalmente o contrário?

— Cosmo, você está interferindo na ordem natural das coisas — disse ele.

— É, mas qual é o problema nisso? Se a ordem natural das coisas é desagradável assim, então é a minha *responsabilidade* interferir.

Tio Ted suspirou.

— Escuta, você vai ter que se adaptar, assim como o resto de nós. É inútil lutar contra. Você tem que aceitar que não há nada que possamos fazer para recuperar a memória dele.

— Cala a boca — murmurei. — A memória dele pode não ser tão boa assim, mas a audição continua perfeita.

E, para provar o argumento, assim que a campainha tocou, vovô disse que seria melhor atender, pois, desta vez, talvez fosse Brian finalmente voltando.

— Pela última vez, vô, não é o Brian.

# 4

Era a Dra. Sally, de volta com sua turma de assistentes sociais. Aglomeraram-se todos diante da porta, com suas falsas expressões amigáveis. Ted disse que gostaria de conversar um pouco com eles a fim de nos ajudar a decidir o que era melhor para mim e vovó, e que tinha tido esta ideia supostamente fabulosa que envolvia se mudar permanentemente para a Irlanda e alugar uma casa na nossa rua. Depois, disse que eu podia morar com ele. Queria que eu começasse a fazer as malas mais ou menos imediatamente. Também disse achar que precisávamos pensar no vovô e em como provavelmente ele carecia se mudar para um lugar onde pudesse receber cuidados permanentes.

— Eh, olá, desculpe — interrompi. — Caso você não tenha notado é exatamente esse tipo de cuidado que ele já está recebendo. Bem aqui comigo e com a vovó.

Ted pareceu genuinamente chocado que eu não estivesse encarando seu plano como o grande momento da minha vida. Ele me disse que era hora de começar a crescer um pouco e entender que as coisas não continuam sempre iguais, como se eu já não soubesse disso. Acho que naquele momento eu posso ter jogado uma xícara vazia na direção dele. Não consigo me lembrar com certeza.

Depois disso, tio Ted ficou um pouco furioso também e começou a discursar a respeito de como um dos meus problemas era o fato de ninguém jamais ter me ensinado boas maneiras. Disse que eu estava sendo propositalmente difícil e desrespeitoso ao extremo, especialmente levando-se em consideração ele ter mudado todos os seus planos por nós. Respondi que ninguém tinha pedido a ele que mudasse seus planos idiotas.

Deedee entrou com uma bandeja monumental repleta de novas xícaras de chá, como se isso fosse a cura para tudo.

Minha cabeça doía um pouco, e estava cansado daquela conversa, por isso me tranquei no banheiro. Foi bom ficar sentado no chão frio com a porta fechada, ninguém me observando, fazendo perguntas ou dizendo que eu era grosseiro. Só que eu sabia que não poderia ficar ali para sempre.

Quando saí, a Dra. Sally estava explicando a Deedee que, às vezes, as pessoas precisam de ajuda, mesmo que não queiram admitir, e Ted estava com a expressão dura, assentindo como se fosse uma marionete em vez de um homem feito.

A Dra. Sally disse que vovô "teria uma noite de sono tranquila" em casa aquela noite e que, ao fim da semana, ela voltaria e faria outro "pequeno teste" quando as coisas estivessem um pouco mais calmas. Se meu avô não for aprovado da próxima vez, será levado para uma casa de repouso.

— Vovó? — chamei, voltando-me para ela em busca de apoio.

Mas ela estava de acordo com esse plano. Todos disseram que eu poderia visitá-lo sempre que quisesse, mas que agora era absolutamente necessário eu me mudar para a casa de tio Ted.

Disseram que podia ir até o quarto do vovô para me despedir, como se alguém precisasse me dar permissão para ir a um lugar onde eu e meu avô sempre ficamos juntos, lendo e conversando.

— Alguém já perguntou ao vovô o que ELE quer? — perguntei.

Um grande silêncio desconfortável se seguiu.

— Ele quer ficar aqui e quer que eu fique junto. Não quer gente estranha entrando e fazendo testes, e ele não precisa de nada disso. Vocês entenderam tudo isso cem por cento errado. Não tem nada de errado com o cérebro dele.

— Cosmo, pelo amor de Deus, acalme-se.

Odeio quando as pessoas pedem para eu me acalmar. É basicamente uma das coisas que mais odeio no mundo.

E, de qualquer forma, eu já *estava* calmo. Estava pensando muito mais logicamente do que a maioria dos imbecis ao meu redor.

— Ele está melhorando. Coloquei esse sistema em prática com ele, e está funcionando. Sei que está.

Nenhum deles jamais ouvira falar do site de Cura para a Memória, embora tenha sido criado em 2005.

— Vocês têm que ficar atualizados em relação às últimas descobertas — argumentei. — Caso contrário não têm o menor direito de se autoproclamarem "profissionais".

Coloquei-os diante do computador e mostrei a página.

— Viram? Existem várias coisas que podemos fazer quando uma pessoa começa a se esquecer das coisas... É só uma questão de se esforçar.

— Ah, Cosmo, meu amor — disse Deedee, uma frase completamente inútil. Então caminhou em minha direção com os braços estendidos, como se fosse um zumbi, e me deu um abraço, para o qual eu não estava nem um pouco no clima. Segurou-me pelos ombros muito gentilmente e disse: — Querido, existem mil coisas neste mundo que nunca seremos capazes de entender nem controlar. Há coisas que precisamos aceitar, que precisamos crer terem acontecido por algum motivo, mesmo que ninguém possa explicar por quê.

Vovó adorava frases assim, sobre como não somos capazes de entender as coisas. Depois veio com aquele papo de "Olha, sei que tem sido tudo muito difícil para você" e seguiu com a mesma linha de pensamento de tio Ted, discursando sobre "aprender a aceitar" e "se resignar" e "a ordem natural das coisas".

Resignar-se em relação a alguma coisa é apenas outra maneira de dizer que desistimos. Eu não faria isso. Jamais. Além do mais, a ação de número quatro no site dizia:

- **Pensamentos negativos são inimigos da saúde mental. Adote uma atitude mental positiva em todas as situações.**

Quando finalmente entrei para me despedir, vovô estava deitado de lado, as mãos unidas sob a bochecha.

Os olhos estavam fechados, e ele roncava um pouco. Pousei a mão sobre sua cabeça.

— Vô. Vô. Desculpa mesmo, mas tenho que ir embora. Acham que vai ser melhor para mim se ficar um tempo com o tio Ted.

E pode parecer um pouco patético, mas fiquei o tempo inteiro acariciando a cabeça dele, sem querer deixá-lo lá. Não achei que acordaria.

Mas então seus olhos se abriram. Vovô apertou minha mão com força e olhou para mim, alerta e enérgico e atento, e sussurrou:

— Cosmo. É você!

Quis correr para o grupo na sala. Quis gritar: "VIRAM SÓ! Estão vendo? Ele *sabe* quem sou eu. Meu sistema está funcionando. Ele *não se esqueceu* de mim."

Expliquei-lhe que não queria ir embora, que tinha planejado ficar ali com ele e vovó.

Vovô costumava dizer que a melhor maneira de fazer os deuses rirem era contar-lhes seus planos. Repetiu a mesma frase para mim aquele dia em seu quarto e começou a rir, e, naquele instante, tive certeza de que voltaria à antiga forma completamente. Mas não havia tempo para sair e explicar a ninguém, pois ele começou a dizer algo mais:

— Me escute, Cosmo. Precisa me escutar com muita, muita atenção. Tem algo que preciso te contar. Algo importante. Vou falar apenas uma vez.

"É o seguinte: sei que minha cabeça está parando de funcionar. E sei que você tem feito o que pode, mas só tem uma coisa que pode me ajudar agora."

— O que é, vovô? — indaguei, a voz um pouco trêmula.

— É uma chave, Cosmo. Vai ajudá-lo a encontrar a resposta para tudo, e vou dar essa chave a você. É a única pessoa em quem poderia confiá-la. Você deve prometer que vai usá-la com cuidado. É a chave para os portões.

— Que portões?

— Os Portões Sul.

— Os Portões Sul do quê?

— Da Abadia.

— Que Abadia?

— Da Abadia de Blackbrick, claro.

Estendeu a mão morena e retorcida até uma pequena caixa que, até onde consigo me lembrar, sempre estivera sobre a mesa de cabeceira. Tateou o lugar algumas vezes antes de conseguir abrir a caixinha e tirar algo de lá.

— Aqui — disse ele, exibindo o pequenino objeto cinza e denteado. Fiquei um bom tempo fitando-o antes de me dar conta de que devia ser a tal chave de que tinha falado.

— Abra os portões com ela. Certifique-se de trancá-los assim que estiver do outro lado. Não pode deixar mais ninguém entrar, ouviu bem? Nunca. Blackbrick. Portões Sul. Entendeu, Cosmo? Entendeu tudo completamente?

Não. Nem parcialmente. Mas assenti e tentei exibir uma expressão tranquilizadora e calma.

— Não precisa se preocupar com nada, ok? Sabe por quê?

— Por quê? — perguntei.

Vovô baixou a voz. Tive que me inclinar para a frente a fim de ouvi-lo.

— Porque estarei lá. Do outro lado, esperando por você. Leve papel e caneta. É isso que vai precisar fazer, meu bom garoto. Prometa que irá.

Senti como se tivessem me dado um soco no estômago. Aquela era a prova de que realmente meu avô tinha perdido a cabeça; de que estava realmente maluco, como todos diziam.

A ação número cinco do site da cura dizia:

- *Jamais transpareça surpresa ou confusão quando seu ente querido disser algo. Aja sempre como se soubesse do que ele está falando, mesmo que pareça estranho ou incoerente.*

Respondi:

— Ok, ok, eu vou, vou lá, sim. — Muito embora soubesse que provavelmente não iria.

— Muito bom. Excelente! — exclamou vovô, sorrindo. — Sabia que você não ia me decepcionar.

Peguei a chave e falei:

— Obrigado.

É, obrigado mesmo por nada.

# 5

Estavam todos à espera quando saí do quarto. Ted sorria, e as cabeças dos assistentes sociais subiam e desciam entusiasmadamente enquanto diziam coisas como "MUITO bem, Cosmo, bom menino". Como se aquele fosse o melhor dia da minha vida e eu devesse estar esfuziante.

— Não se preocupe! — disse a Dra. Sally, como se estivesse a ponto de explodir de alegria. — Você estará em boas mãos!

— Ainda vou poder ir aos estábulos depois da escola?

Foi então que Ted disse:

— Ah, sim, desculpe, er, sobre isso, acabamos esquecendo de contar. Temos que mandar John embora. Ele irá para uma fazenda no interior onde poderá correr o dia inteiro e ser feliz.

— Uma FAZENDA no INTERIOR? — gritei. — Quantos anos acham que eu tenho, SEIS? Sei o que querem dizer com isso. Vocês vão sacrificar o meu cavalo. Isso é basicamente ASSASSINATO.

— Cosmo, juro que não é isso que vamos fazer.

Ele me deu o número do telefone da fazenda e disse que eu podia ligar e falar com os funcionários a respeito de John a fim de provar que não iriam matá-lo.

A Dra. Sally argumentou que eu deveria pensar em como vovó devia estar se sentindo, que seria bom pensar nos outros para variar. Disse a ela para calar a boca, ir embora e nunca mais voltar. Ela definitivamente ouviu. Foi a primeira vez desde que a conheci que parou de sorrir.

Liguei para a fazenda. Afirmaram que eu poderia ir até lá visitar John sempre que quisesse, mas o "interior" acabou sendo em Kildare, a muitos quilômetros de distância. Mesmo não sendo a pessoa mais prática do mundo, já sabia que a logística seria um pesadelo.

Nada jamais voltaria a ser como era.

Dei ao funcionário da fazenda no outro lado da linha uma tonelada de instruções sobre como deveriam cuidar do meu cavalo, o que ele gostava de comer, como escová-lo, a que temperatura sua baia deveria ficar e como cuidar de suas patas, que é a parte mais importante a focar quando se cuida de um equídeo. Perguntei se estavam anotando, porque eram informações demais para lembrar.

Depois de um tempo, me acalmei um pouco, mas só porque estava cansado.

Passei um bom tempo encarando o teto do quarto de hóspedes de Ted aquela noite, pensando em John e na promessa insana que fizera a meu avô.

Não devemos quebrar as promessas que fazemos às pessoas. Ninguém deveria fazer tal coisa. Não se pode sair por aí prometendo algo e depois não cumprir. Ainda que a pessoa esteja bastante certa de que aquilo que prometeu é loucura.

Deitado na cama, fiquei ali quieto por muito tempo, revirando repetidamente nas mãos a pequena chave que vovô me dera até o metal ficar quente. Esperei até que tudo caísse em silêncio e não houvesse sons de batida, ou murmúrios, ou estalos vindos de lugar algum. Em seguida, deslizei para fora da cama e desci a escada sorrateira e muito silenciosamente. A mala de Ted estava pendurada no encosto de uma cadeira na cozinha. Lá dentro, encontrei um caderno de capa dura preta, algumas canetas e uma carteira recheada de notas de 50 e 20 euros. Enfiei tudo lá dentro outra vez, peguei a bolsa e chamei um táxi.

O taxista chegou bem rápido. Não era de falar muito, mas sabia onde ficava a Abadia de Blackbrick, o que proporcionou meu primeiro momento de alívio naquela noite. Em pouco tempo, estávamos em estradas em que nunca estive antes, sinuosas e escuras.

Quando o silêncio cresce em um espaço pequeno, fica cada vez mais difícil dizer qualquer coisa. Por exemplo, houve vários momentos naquele trajeto em que pensou em pedir ao motorista para dar meia-volta. Precisava perguntar a vovô que diabos havia sugerido e por que, do nada, ele quis que eu fosse a um lugar do qual nunca ouvira falar antes. Perguntar por que aquilo se tornou tão importante de repente, a ponto de me fazer prometer. Mas não consegui falar. Séculos se passaram, o taxista continuou dirigindo, e o mundo lá fora continuou ficando mais escuro e nebuloso. Comecei a me sentir bem idiota.

Não ajudava o fato de que o táxi cheirava a vômito. Por um tempo, achei que acabaria vomitando também.

Não muito tempo depois, no entanto, surgiu, a distância, um velho portão negro, com pilares de pedra nas laterais e muros intimidadores, e, em parte deles, havia grandes letras gravadas. A iluminação era tão precária que, a princípio, consegui apenas distinguir a letra A, mas, ao nos aproximarmos, vi que aquele era apenas o início de uma inscrição que dizia ABADIA DE BLACKBRICK. Os gigantescos portões negros malconservados estavam fechados e trancados. Atrás deles ficava o começo do que parecia ser um enorme caminho coberto de cascalho marrom e brilhante.

— Qualquer lugar aqui já está bom, obrigado — disse ao motorista, ainda que qualquer lugar ali não estivesse nada bom.

Abri os dedos e olhei para a chave.

Saí. O taxista ficou esperando o pagamento, seu grande cotovelo gordo apoiado na janela aberta do carro, a gordura dependurada. Eu me sentia muito mal e sozinho, e meu coração tinha disparado. Algo a ver com o cheiro do ar. Algo a ver com os sons vindos das árvores monumentais, farfalhando e crepitando como se fossem centenas de portas antigas abrindo-se muito lentamente, e também tinha um pouco a ver com o uivo do vento assoviando por entre os galhos negros. No entanto, tinha principalmente a ver com o fato de estar só no meio do nada, no meio da noite idiota.

— Hm, escuta — falei. — Pode me levar de volta, por favor?

— De volta para onde? — indagou o taxista, parecendo um pouco surpreso.

— Você sabe, para o lugar onde me pegou.

— Foi mal, não dá. Já saí muito do meu caminho.

— Saiu do seu CAMINHO?! — exclamei. — Pode me corrigir se estiver errado, mas não é exatamente para ISSO que serve uma droga de um TÁXI?

— Calma aí, parceiro. Também não precisa ser grosseiro.

Da mesma forma que odeio quando mandam me acalmar, odeio ainda mais quando alguém que não conheço me chama de "parceiro", especialmente se nunca vi essa pessoa antes e se estiver óbvio que ela sequer gosta de mim. Paguei a ele o que devia, um total de 37,50 euros, e tirei mais uma nota de 20 da carteira. Mantive a voz firme ao dizer:

— Ok, escuta, preciso de 15 minutos, só isso. Se eu não voltar dentro desse tempo, você pode ir embora.

Inspirou pelo nariz por um segundo ou dois, fazendo algum cálculo em sua cabeça.

— Está certo, então — concordou, tomando o dinheiro das minhas mãos com habilidade impressionante e transformando-o em um borrão amassado ao guardá-lo no bolso. Pegou um jornal guardado sob o banco, que crepitou ao ser aberto sobre o painel. — Você tem 15 minutos. Mas só isso. Não vou esperar nem um minuto a mais.

Senti uma corrente de ar frio envolvendo meu corpo ao caminhar para os portões. Ia manter a promessa que fiz a vovô. Também não era como se estivesse planejando ficar muito tempo nem nada. Achei que não teria problema dar uma olhada rápida pelo lugar. Depois, voltaria para a casa do tio Ted antes mesmo que notasse que eu tinha saído. E da próxima vez que visse meu avô, tentaria explicar como tinha cumprido o que me pedira. Que mantivera a promessa. E pronto, ponto final.

Um enorme cadeado velho estava pendurado, morto e pesado, em um ferrolho onde os dois portões se encontravam. Estava encrustado com descamações e grânulos de ferrugem. Levei séculos catucando e girando. Finalmente, consegui afrouxar o cadeado e puxá-lo em minha direção. Parecia não ser aberto há muito, muito tempo.

Tateei à procura do buraco da fechadura e enfiei a chave de vovô ali dentro. Em um primeiro momento, não pareceu que funcionaria. Agora, eu estava sozinho no meio da noite, cercado pela neblina e com a chave emperrada dentro do cadeado, sem conseguir virar ou movê-la em qualquer direção, tampouco tirá-la de lá. Olhei para trás. Conseguia ver o taxista dentro do carro, iluminado por uma fraca luz alaranjada, lendo seu jornal sem se importar comigo ou com qualquer outra coisa.

Sacudi os portões para a frente e para trás, e, ao chocarem-se, fizeram um ruído baixo e pesado.

— Para onde você me mandou, vovô? Onde é que estou? — gritei, e o som das perguntas flutuou para o céu negro. Xinguei a mim mesmo por ser tão burro a ponto de ter tido todo aquele trabalho, apenas para me ver naquele lugar deserto e frio. Mas o que mais eu esperava encontrar?

Estava prestes a dar meia-volta quando ouvi um pequeno estalo. O cadeado se abriu sozinho.

Parei de respirar por alguns segundos, tirei o cadeado e puxei o ferrolho. Mais uma vez precisei fazer muita força e minhas mãos ficaram cobertas de ferrugem, o que foi nojento.

Empurrei os portões, e eles se abriram como uma boca enorme e cheia de dentes soltando um bocejo preguiçoso. Pequenos amontoados de cascalho se acumulavam dos dois lados. Entrei no terreno, fechei e tranquei a entrada outra vez, exatamente segundo as especificações insanas de vovô. Guardei a chave no bolso.

Era noite de segunda-feira. Ted provavelmente acordaria cedo para me tirar da cama e me mandar à escola. Graças aos acontecimentos traumáticos do dia, eu não tinha feito o dever de casa ainda, então estava seriamente planejando não ficar fora por muito tempo.

Não conseguia enxergar muita coisa. Um pequeno chalé baixo, caído aos pedaços, estava escondido à direita, mas não havia qualquer luz ou sinal de que alguém morasse ali. O caminho parecia levar a algum lugar muito maior, a julgar pela forma como se alargava e curvava e estendia a distância.

Em seguida, saído do quieto ar nebuloso, veio um farfalhar das árvores à esquerda e eu soube que havia alguém lá antes mesmo de conseguir enxergar. Os galhos se afastaram por um segundo, como se alguém estivesse empurrando-os para o lado, pois de fato alguém estava, e o tal alguém começou a caminhar até mim. Eu ouvia o eco dos sons de pés esmagando o cascalho.

Por algum tempo, achei que iria cair. Não ficaria surpreso se perdesse a consciência, pois, na verdade, o corpo só consegue suportar certa dose de nervosismo antes de desligar e desmaiar. Vi sombras e senti o cheiro da noite brumosa dentro dos portões de Blackbrick.

E vi a forma que gradualmente se distinguia vindo em minha direção.

Era um garoto. Em pouco tempo estava parado, forte e esguio, no topo de um muro baixo ao lado das árvores, bem diante de mim. Trazia as mãos nos quadris, as pernas afastadas e em seu rosto jovem e liso, a testa parecia levemente franzida.

— Como você entrou aqui? — perguntou ele.

— Tenho a chave dos portões. Acabei de abri-los.

— Mas estamos no meio da noite. Ninguém nunca usa esses portões. Estão trancados há muito tempo. O que está fazendo aqui?

Tentei manter a voz firme.

— Ia só dar uma olhada por aí. Tenho autorização. Pelo menos não era eu quem estava escondido atrás de um monte de árvores, causando enfartos severos nos passantes.

— Eu moro aqui. Tenho o direito de estar aqui — afirmou. — É meu local de trabalho.

— É? Bem, isso ainda não explica o que você estava fazendo escondido lá atrás daquele jeito, no escuro.

— Adoro o escuro — disse o garoto.

Pisquei algumas vezes e fitei-o atentamente.

— Agora me diga — disse ele. — Quem diabos é você?

Ele estendeu a mão, e foi quando senti toda a minha pele se retesar e tive a sensação de que, de repente, meu corpo ficara pequeno demais para comportar tudo o que tinha dentro de mim. Sentia algo repuxar ao longo de toda a extensão das minhas costas, como se fosse um cachorro. Isso tudo porque o garoto estava apontando, mas não da maneira como a maioria das pessoas faz. Havia algo muito peculiar a respeito do dedo que deveria estar esticado.

Ele não estava lá.

# 6

— Uau — murmurei.

Ele abaixou a mão e olhou para mim, que encarava o dedo ausente.

— Escuta aqui, seja lá quem você é, posso não ter um dedo, mas tem coisa muito pior de não ter do que isso se você for pensar bem.

Seus olhos eram claros e sem rugas ao redor. Não eram lacrimosos e vermelhos.

— Ah HA! — Minha voz flutuou para o céu novamente. — Vô, mas É você! É verdade mesmo, e eu que pensei que era porque você estava ficando maluco, mas não era nada isso! Você é um gênio! Sempre soube disso, mas agora tenho a prova! Você fez um bendito portal! Ha! Você conseguiu. E FUNCIONA. Você me deu a chave, e aqui estou eu, e aí está você.

"Você é tipo um milhão de vezes melhor do que Albert Einstein, ou Stephen Hawking. Não precisou de nenhum capacitor de fluxo nem de Tardis nem de corda cósmica nem de laser gravitacional. VOCÊ fez tudo isso com uma chavezinha mínima. Sempre soube disso, vovô, você é mesmo o cara mais inteligente que eu já conheci. Só não sabia que era capaz de viajar no tempo. Mas você TOTAL-MENTE é."

Àquela altura eu estava pulando, várias ideias dançando em meu cérebro, e pensando principalmente que tudo ficaria bem agora que eu estava ali. Poderia revelar coisas importantes que o garoto deveria saber, como, por exemplo, o fato de que Brian tinha caído da janela, ou que começar o mais cedo possível a nutrir hábitos para manter o cérebro saudável era uma medida valiosa a fim de evitar que perdesse a memória quando envelhecesse. Tudo era possível outra vez. Tudo seria maravilhoso dali em diante.

Prevenir é sempre um milhão por cento melhor que remediar. Todos sabem disso.

— Do que é que você está falando? — indagou ele. — Nunca dei chave nenhuma a você, e não é para sair contando por aí que dei. Agora, seria melhor para você se parasse com essa conversa fiada sem sentido e me dissesse o seu nome.

— Sou eu. Sou eu, o Cosmo!

— Não estou bom para ouvir mentiras. Vou pedir com educação para falar a verdade.

— *Estou* falando a verdade.

Ele, porém, disse que não poderia ser, porque, em primeiro lugar, não havia no mundo alguém que se chamasse Cosmo.

Estava se afastando de mim da maneira como as pessoas fazem quando topam com algo perigoso ou bizarro ou insano.

E então ouvi minha própria voz começar a falhar e virar apenas um fiozinho, da maneira que a voz de alguém faz quando se dá conta de que uma situação estupenda pode, na verdade, não ser tão estupenda assim.

Ele balançava a cabeça.

Passou a mão pelos cabelos.

— Certo — começou o garoto. — Vamos deixar uma coisa bem clara: não faço a mais pálida ideia de quem você seja. Mas, seja lá quem for, definitivamente não sou o seu avô. Não sou avô de ninguém. Meu nome é Kevin. Kevin Lawless. Tenho 16 anos.

Ele inspirou, fazendo a neblina subir pelas narinas.

Embora a voz fosse gentil, definitivamente o garoto achava que eu era a pessoa mais desmiolada que já pôs os pés na Terra. Eu não era burro, dava para notar.

— Não há muita gente que compraria essa história que você está querendo me vender.

— Eu sei... Acho... Quero dizer, acho que pode soar um pouco estranho se a pessoa não estava esperando.

— É. Pode — confirmou ele.

— Ok, então me escuta, por favor. — Caminhei até ele, mantendo os braços à frente, mas o menino recuou ainda mais.

— Espere, parado aí — respondeu ele. — Mantenha a distância, se não se importa.

O tempo inteiro não pude deixar de pensar em como ele parecia jovem e forte, em como ainda tinha décadas de vida diante de si. Anos e anos e anos que ele sequer começara a viver.

São muito poucas as pessoas que têm o privilégio de ver os avós assim. Até mesmo na imaginação.

Nenhum de nós disse coisa alguma por mais ou menos alguns séculos. Entreolhamo-nos, até que murmurei:

— Você não tem mesmo ideia de quem eu seja, né?

E, com tom tão baixo quanto o meu, ele respondeu:

— Não, senhor. Não tenho.

Qualquer que fosse a época em que estivesse, não fazia diferença. Vovô não me conhecia em nenhuma delas.

Não que cada uma das pessoas que você já encontrou na vida tenha a obrigação de reconhecê-lo. Desejar isso seria egoísmo. Mas há uma ou duas pessoas em nossa vida que deveriam sempre saber quem somos. É provável que a gente nunca entenda a importância disso até uma delas começar a nos esquecer.

Decidi me sentar no muro. Não tenho cem por cento de certeza, mas pode ser que tenha começado a chorar um pouco. Ele se aproximou e se sentou a meu lado. A superfície estava um pouco úmida, e olhamos para as estrelas, fortes e brilhantes apesar da neblina que ainda se movia por entre as árvores e ao redor de nossos pés, como se fosse fantasmas de serpentes.

Tirou um grande lenço amassado do bolso e o entregou a mim. Assoei o nariz.

— Bom menino, isso mesmo.

Parecia querer me alegar, como alguém que tentasse fazer uma criancinha parar de ficar triste ou de se sentir sozinha ou assustada. Não precisava que sentisse pena de mim. Não gostava da ideia de que achasse que eu era o perdedor mais patético do mundo.

— Tudo bem? — perguntou ele, e pareceu que realmente se importava.

Funguei e respondi:

— Tudo, estou ótimo, não se preocupe comigo.

Começamos a conversar. Perguntei que tipo de trabalho ele fazia ali.

Disse que trabalhava nos estábulos. Que estava aprendendo o ofício de ferrador, mas que o homem que estava ensinando a ele tinha ido para a guerra, como boa parte das pessoas que costumavam trabalhar ali. Disse que não tinha certeza de quando o sujeito voltaria. Começou a explicar que ferradores são os profissionais que fazem e consertam ferraduras, e que cuidam das patas dos cavalos, como se eu já não soubesse disso.

Disse a ele que, na verdade, eu mesmo também era muito habilidoso com equídeos.

— É mesmo? — perguntou ele.

E respondi que sim, era mesmo.

Então me perguntou se eu já tinha colocado ferraduras em um cavalo. Disse a ele que eu era praticamente um especialista.

Indagou se era um bom cavaleiro. Eu disse a ele que não era ruim.

Perguntou se sabia como prender uma carroça no cavalo e fazê-lo puxar, o que admiti que não sabia. Contei, no entanto, que era muito bom em falar com animais e mantê-los calmos e ganhar sua confiança.

— Bom, isso já é metade da vitória, não importa o que esteja tentando fazer.

Ficamos em silêncio por alguns minutos.

Falei que era melhor eu voltar para casa, pois não tinha muito por que continuar ali. Havia milhões de coisas que queria lhe dizer — conselhos importantes que fariam uma diferença monumental para todos nós, mas não consegui encontrar uma maneira de falar que não deixasse a impressão de que era um doido ainda maior do que ele já acreditava que eu era. Pedi desculpas pela invasão e disse que não tinha sido minha intenção causar qualquer problema. Ele respondeu que foi um prazer me conhecer, e terminei com um:

— É, sei, obrigado.

Comecei a seguir para os portões. Mas podia sentir o coração ficando gelado, pois tinha consciência da oportunidade bizarra que estava deixando para trás. Por isso, parei e me virei. Meu jovem avô ainda me fitava.

— Escuta, quem sabe eu não podia ficar por aqui um pouco mais — sugeri. — Quero dizer, só alguns dias. E aí a gente podia ficar de bobeira e tal.

Ele me perguntou o que "ficar de bobeira" queria dizer, e esclareci que era passar um tempo juntos, conversando e coisas do tipo. E por algum tempo ele não respondeu, o que me fez achar que minha oportunidade desapareceria, então fiz o melhor que pude para pensar rápido.

— Será que não tem nada que eu possa fazer para ajudar você, quem sabe? — Parece que é mesmo uma boa pergunta a se fazer a alguém que ainda não confia em você, afinal.

— Bem, então, para falar a verdade, agora que você disse isso... Tem. Tem, sim.

Nós dois tremíamos àquela altura, pois um vento frio começara a soprar, fazendo as árvores se balançarem, e estava começando a ficar difícil ouvirmos um ao outro.

— Venha comigo.

Segui o garoto cujos pés eram firmes e fortes, e corremos pelo caminho que levava à casa. Novamente pude ouvir os sons que seus pés faziam ao esmagar o cascalho. Soavam como as batidas de um coração.

# 7

Não é como se tivesse me esquecido de meus avós e do tio Ted; e não é como se não estivesse preocupado com o fato de que definitivamente surtariam quando acordassem na manhã seguinte e não me encontrassem. Os 15 minutos tinham acabado havia muito. O querido e encantador taxista, com toda a sua sociabilidade, já devia ter ido embora havia séculos, com seu dinheiro bem guardadinho no bolso. Houve um momento em que pensei que deveria ter corrido até ele e dito que me atrasaria um pouco. Mas, quando você se vê cerca de 70 anos ou coisa do tipo fora de sua época normal, é natural que não esteja conseguindo pensar direito.

A Abadia de Blackbrick era como uma casa, só que muito, muito maior. Ficava ao fim do caminho de cascalho, dando a impressão de estar meio que saindo do chão. Uma porta preta e lustrosa reluziu em um enorme batente de pedra, e os degraus que levavam até ela também brilhavam e refletiam a luz. Meu avô passou direto por eles e seguiu na ponta dos pés por outro caminho, que serpenteava até os fundos da casa. Não parava de olhar para trás, verificando se eu ainda estava lá. Esgueiramo-nos por um pequeno arco, escuro e cinzento. Na parede, a luz trêmula e fraca de uma lamparina clareava o trajeto.

— Fique perto, ande rápido, fique quieto.

Fiquei muito perto e andei rápido e fiquei muito quieto. Passamos por outra porta, um pouco deformada, que rangeu. Quando entramos, tudo cheirava a fumaça e couro. Segui meu avô por essa série de sinuosos corredores.

Andamos e andamos durante séculos, e o ambiente tornava-se cada vez mais quente, até que chegamos enfim a uma cozinha que mais parecia uma grande caverna. Havia uma mesa gigantesca no meio do cômodo, onde no mínimo vinte pessoas poderiam se sentar. Sobre balcões, grandes jarros repousavam, enfileirados e etiquetados para sinalizar qual era a farinha e o açúcar e a aveia e a geleia de groselha, e assim por diante. Toneladas de colheres de pau projetavam-se para fora de potes listrados em azul e branco, panelas enormes estavam penduradas por pregos nas paredes, e um batalhão de sacos lotados de batatas repousava em um canto do chão de pedra escura.

O menino levou duas cadeiras até um fogão gigante e quente. Debruçou-se diante de um balde largo e pegou pedras de carvão; depois, com uma haste de ferro, suspendeu um disco redondo de cima do fogão, e um brilho alaranjado escapou do buraco, onde ele jogou os pedaços ásperos e grandes como punhos. Depois bateu as palmas da mão para limpá-las. Uma nuvem negra pairou ao seu redor por um segundo.

Havia ao lado uma grande chaleira, que vovô teve que segurar com as duas mãos a fim de conseguir colocar sobre o fogão. O chá que fez era forte e marrom, e, quando tomou um gole, exclamou:

— Ah, fantástico.

Seu primeiro emprego foi como cavalariço em Blackbrick. Tinham-no tirado da escola quando era novo a fim de ajudar a tomar conta dos cavalos. Falei que essa era provavelmente a coisa mais sensacional que poderia acontecer a qualquer um.

Ele respondeu que eu só achava isso porque não sabia quanto trabalho envolvia, especialmente agora que todos os ferradores tinham ido lutar na guerra.

Tirei o caderno preto de Ted da bolsa e perguntei a meu jovem avô se poderia fazer algumas anotações contanto que estivesse de acordo. Respondeu que sim, se quisesse, que para ele tanto fazia.

E durante aquele tempo todo, fui me sentindo mais aquecido. Por causa do fogão e do chá, principalmente. Mas também porque sabia que, quando voltasse, conseguiria fazer um relatório completo para vovô a respeito de muitos detalhes dos quais ele precisava se recordar. Isso com certeza o faria passar no teste da Dra. Sally e então poderia ficar em casa comigo e com vovó. Tudo o que eu precisava era manter o foco e me lembrar de tudo, em vez de entrar em pânico e ficar pensando em como aquela situação era esquisita.

— Então, você quer ajudar?

— Quero — afirmei. — Quero, sim.

— Bem, maravilha, pois há uma missão que quero cumprir faz tempo. Algum dia desses, preciso sair daqui com dois cavalos e uma carroça, e depois voltar sem que ninguém descubra. Estaria interessado em me dar uma ajudinha com isso?

Não parecia nada muito difícil, por isso respondi:

— Claro, sem problema algum.

E ele ficou muito entusiasmado, como alguém que se dá conta de algo que não tinha percebido antes. Apertou minha mão e ficou repetindo:

— Bem, senhor, isso é que são boas notícias. Obrigado, senhor. Muito obrigado de verdade.

Falei que não precisava me chamar de senhor, ou usar qualquer outro tratamento do tipo. Falei que éramos iguais. Que não queria deixar ninguém encrencado com aquele plano e que esperava que ele tivesse refletido a respeito dos detalhes com todo o cuidado possível.

Segundo meu avô, não havia com que se preocupar. Ainda que aquilo que estávamos prestes a fazer pudesse parecer um pouco ilegal, na verdade, a tal missão em que estava me envolvendo tratava-se de uma boníssima ação. Aparentemente, havia uma pessoa que estava precisando de um descanso, porque a tal pessoa tinha cerca de um milhão de irmãos e irmãs cujos pais mal conseguiam alimentar, e a pessoa ficaria muito melhor ali em Blackbrick, onde havia comida e muito mais espaço.

Falei que, para mim, o sujeito, seja lá quem fosse, estava em uma situação bastante desvantajosa, socioeconomicamente falando. Afirmei que era uma ótima ideia ajudá-lo.

E Kevin respondeu:

— Não é "ele". É uma moça, e vou trazê-la aqui para Blackbrick. E agora que tenho a sua assistência, não há nada que nos impeça de ir amanhã mesmo. Amanhã depois de ter terminado minhas tarefas.

— Uma moça?

— Sim, uma moça. *A* moça. A moça com quem vou me casar.

Tinha apenas 16 anos, o que era muito pouco para já falar daquela maneira, mas, naquele momento, não me importei, pois sentia uma onda de empolgação me inundando. Não precisava ser nenhum gênio para entender que ele estava obviamente falando da minha própria avó, Deedee. E era emocionante pensar que iria encontrá-la também. Sabia que, assim que a conhecesse, tudo mudaria para muito melhor. Muito, muito, muito melhor.

Vovó vive dizendo que há coisas na vida que não podemos entender. É ela quem tem essa teoria de que há muito no mundo em que simplesmente temos que acreditar, ainda que não tenhamos uma explicação. E tinha certeza de que, se a encontrasse aqui, ela definitivamente acreditaria em mim quando contasse quem era. Quando isso acontecesse, tudo entraria nos eixos e ficaria cem por cento excelente.

Naquela noite, Kevin me mostrou meu quarto, que demorei cerca de dois segundos e meio para conhecer, considerando-se que havia apenas uma cama e uma cadeira. Ele pegou um travesseiro mole e começou a socá-lo gentilmente. Disse que esperava que fosse confortável. A probabilidade parecia bem pequena, mas ainda assim agradeci.

Falei que meu dia tinha sido muito confuso. Ele me garantiu que estaria no quarto ao lado caso precisasse dele, mas que deveria tentar dormir um pouco e quem sabe as coisas voltassem a fazer mais sentido pela manhã. Retruquei que provavelmente nada mais voltaria a fazer sentido em toda a minha vida.

Meu avô perguntou se algo tinha me chateado recentemente, e respondi:

— É, acho que podemos colocar dessa maneira, sim.

— Acho que sempre que começamos a ter pensamentos perturbadores ou estranhos, a melhor coisa a fazer é tirá-los imediatamente da cabeça — argumentou ele.

Pediu que relembrasse a ele o meu nome, e disse-lhe que era Cosmo.

— Não, falando sério, qual é o seu nome de verdade? — insistiu.

Garanti que estava falando sério, que meu nome era aquele mesmo.

— Está bem, então, boa noite, nos vemos pela manhã — disse meu avô antes de sair.

Mesmo morto de cansaço, foi bem difícil adormecer. Não creio que dormir teria sido fácil para qualquer um que tivesse:

a) descoberto que era um viajante do tempo;
b) conhecido o avô quando jovem;
c) tentado dormir em um colchão extremamente desconfortável em um quarto congelante.

Ouvi um rangido sob a porta e escutei Kevin ainda batendo perna do lado de fora, assoviando baixinho e devagar. Também ouvi ruídos possivelmente causados por seus pés enquanto se arrastavam pelas pedras no chão. Em seguida, mais passos, andando bastante depressa, chegando mais e mais perto. Até que pararam e uma voz falha e rouca de mulher chamou:

— Kevin! Pelo amor do Senhor, mas já é muito tarde da noite para você ainda estar acordado.

— Eu sei. Estava esperando para falar com você. Tem algo que preciso te contar — disse meu avô para Voz Rouca.

— O que é isso que você precisava tanto me dizer que não podia esperar o sol raiar? — perguntou ela.

E Kevin explicou que tinha encontrado esse menino estranho no terreno da Abadia e que agora o mesmo menino estranho estava dormindo no quarto extra dos empregados de número dois.

Fizeram uma pausa, e prendi o fôlego, pois era um pouco difícil conseguir escutar tudo.

— E como, por Deus, foi que ele conseguiu entrar no terreno?

— Tinha uma chave. A chave para os Portões Sul.

— Meu São José, bem, isso certamente é uma surpresa! — exclamou Voz Rouca. — Pensei que ninguém mais no mundo tivesse a chave daqueles portões.

— Eu também achava isso — concordou Kevin. — E, veja só, acontece que o menino parece um pouco ruim da cabeça. Tentou me vender uma história maluca. Não quis mais ir embora depois que encontrou comigo. Estava, digamos assim, com os nervos à flor da pele. Achei que a melhor coisa a fazer seria acalmá-lo e colocá-lo na cama.

— Ah, querido, você ainda não aprendeu que todos os meninos perdidos que andam por aí hoje em dia têm parafusos faltando? Quando é que vai aprender, hein? E você sabe que não deveria ficar perambulando pelos Portões Sul. Sabe como deixa todos furiosos. O que é que você acha que lorde Corporamore diria? E por que não me falou nada?

— Estou falando agora, não tô?

A voz rouca riu e continuou:

— É, bem, creio que não posso discutir com isso.

Kevin falou um pouco mais sobre mim, dizendo como achava que talvez fosse bom eu ter uma chance de me "estabilizar", e que talvez a Abadia fosse o lugar que poderia me dar refúgio temporário. Mas não disse uma palavra a respeito do acordo que fez comigo para trazer minha jovem avó a Blackbrick.

Não foi a melhor sensação do mundo ouvi-los tagarelar sobre como eu era maluco. Já tinha gente o suficiente em minha vida achando que eu era o maior lunático do mundo.

Acho que qualquer um que já tenha viajado no tempo diria que isso é a melhor oportunidade de se reinventar que alguém pode ter. Em meu caso, porém, dentro do período de menos de uma noite, meu avô obviamente já me achava um derrotado.

— Acho que podemos colocá-lo para trabalhar, assim vai merecer a hospitalidade — ponderou a voz, que amaciava cada vez mais sob a manipulação inteligente de Kevin. — Um pouco de ajuda extra será muito útil, mesmo que apenas por alguns dias.

E ele respondeu que sim, que provavelmente seria. Voz Rouca continuou, dizendo a Kevin que, refletindo bem, tinha sido uma atitude muito gentil e solidária da parte dele ter-se dado àquele trabalho para ajudar um estranho, e como Deus sabe que todos merecem ser tratados com amabilidade, não importa quem sejam.

Cobri a cabeça com o lençol e comecei a me questionar: por exemplo, qual seria a aparência de vovó quando jovem?

E também o que Ted faria quando o sol raiasse e ele percebesse que eu não estava lá. Se escolheria contar a Deedee e à coroa, também conhecida como Dra. Sally, ou não. Qualquer que fosse a decisão, concluí que eu provavelmente estaria ferrado pelo resto da vida.

Tanto a voz rouca quanto a de Kevin começaram a se distanciar, e o brilho fraco sob a porta desapareceu. Não achei que conseguiria, mas, pouco depois, devo ter caído no sono.

Quando me dei conta, já era manhã, e finos fios de luz começavam a abrir caminho em meio à escuridão. Estrondos e barulhos ecoavam do corredor e entravam no quarto. Sabia que havia alguém preparando o café da manhã.

Mesmo quando as coisas não fazem sentido algum e você está se sentindo muito estranho, percebi ao longo do tempo que há um cheiro que pode servir de grande alento. E este cheiro é o de torradas.

# 8

Não eram apenas as torradas, no entanto. Já conseguia me visualizar explicando tudo a minha jovem avó, e já estava adivinhando como nos abraçaríamos — eu, Kevin e ela — e como isso seria um milhão por cento maravilhoso. Pela primeira vez em muito tempo, embora fossem 6 horas da manhã, estava ansioso para levantar da cama.

Kevin entrou no quarto minutos depois, dando bom-dia e abrindo as cortinas, fazendo os ilhoses rangerem ao serem arrastados pelo trilho.

— Quer vir comigo enquanto faço meus afazeres da manhã? — ofereceu.

— Tem certeza de que vai querer ficar ao lado de uma pessoa tão ruim da cabeça como eu?

— Não me importo, contanto que você me acompanhe, pois ando razoavelmente depressa — disse ele, e eu respondi que já tinha percebido.

Em seguida, voltamos para a cozinha, onde fui apresentado a uma mulher. Ao abrir a boca, ela revelou a voz rouca da noite anterior.

— Bem-vindo a Blackbrick — disse ela. — Sou a Sra. Kelly.

A Sra. Kelly também garantiu ter concordado em não fazer quaisquer outras perguntas a meu respeito, ainda que invadir furtivamente a propriedade de alguém no meio da noite fosse "absolutamente suspeito", e não exatamente a maneira certa de se agir. No entanto, se eu estivesse disposto a dar cabo de alguns afazeres por ali, ela não iria bisbilhotar. Os tempos estão difíceis, disse ela, embora parecesse bem alegre ainda assim.

— Estamos fazendo tudo o que podemos para manter as coisas caminhando, não é, Kevin? Não estamos deixando nada nos atingir, absolutamente, não é, Kevin, ainda que a tentação de reclamar nos pegue de jeito às vezes, Deus que me perdoe.

A Sra. Kelly era mais velha, talvez na casa dos 40 anos, e também grande, gorda e de mãos rosadas. Usava um avental impecavelmente limpo. Quando suspirava, o avental subia em seu peito, como uma gigantesca onda branca.

— Agora vamos lá. Sente-se um pouco.

Passou um tempo me olhando com grande atenção, como se à espera de que eu fizesse algum movimento errado ou possivelmente perigoso. Contudo, estava sendo muito educada e disse que precisava me dizer a verdade: que tinha sido uma sorte tremenda surgir outro menino forte para ajudar na casa, mesmo que a estadia fosse curta. Explicou que Blackbrick um dia tinha sido famosa pela ótima hospitalidade que oferecia aos visitantes, e que ela e Kevin fariam seu melhor para manter a reputação, ainda que fosse uma tarefa árdua, considerando-se que não restavam mais empregados.

— Se precisar de qualquer coisa, basta pedir.

— Maravilha, sem problemas, muito obrigado.

A primeira tarefa de Kevin aquela manhã era limpar uma tonelada de pisos. Comentou que a Sra. Kelly tinha razão a respeito de como era útil ter um pouco de ajuda para variar. Ele me contou que antigamente havia mais de 25 funcionários na casa: empregadas, cavalariços, cozinheira, mordomo, ferradores e muito mais. Agora, só restavam ele e a Sra. Kelly, dividindo-se em vários a fim de fazer todo tipo de trabalhos que jamais teriam feito tempos antes. "A Emergência" estava a pleno vapor, e não apenas tinha arrastado um batalhão de homens para lutar na guerra, como também lorde Corporamore usara a situação para despedir outra boa parte, pois estava falido.

Disse a Kevin que não estava acostumado a acordar àquela hora e que meus níveis de açúcar no sangue pareciam um pouco baixos, mas simplesmente me entregou uma escova.

Esfregar o chão não é uma atividade assim tão ruim. Para falar a verdade, vem acompanhada de uma boa dose de satisfação — ver uma superfície empoeirada tornar-se limpa e visível só porque passamos uma vassoura sobre ela.

Depois de um tempo, o enorme relógio no corredor começou a tocar e Kevin exclamou:

— Ai, droga. O café da manhã de Cordelia.

Acabei descobrindo que "Cordelia" era uma Corporamore, e, embora fosse apenas uma criança de uns 11 anos ou algo assim, todos os Corporamore deveriam ser obedecidos, independentemente do quão jovens fossem. Kevin estava encarregado de levar o café da manhã de Cordelia às 8 horas em ponto, todas as manhãs. E apesar de no passado ter sido considerada uma "tarefa inesperada" para um garoto como Kevin ter que dar o desjejum a qualquer um dos Corporamore, agora já não havia mais ninguém para fazê-lo. Havia a Sra. Kelly, é claro, mas ela já trabalhava de sol a sol, e seu joelho ruim tornava uma tortura a subida até o quarto da menina. Sendo assim, Cordelia aguardava seu café, e aparentemente era de extrema importância que Kevin jamais se atrasasse.

Corremos para a cozinha, e Kevin colocou cinco fatias finas de bacon para fritar. Ele me deu uma delas, bastante saborosa. Dobrou uma na própria boca e mastigou, fechando os olhos e cantarolando por um instante ao saborear aquela delícia. Colocou os outros três pedaços restantes sobre duas torradas com manteiga. Preparou ovos mexidos em uma panela sobre o fogão e deslizou-os para o prato. Em seguida, colocou colheradas de geleia em um copinho de vidro, organizando tudo rápida e cuidadosamente em uma bandeja enorme e difícil-de-carregar.

Certificou-se de que garfo, faca e colher estivessem perfeitamente retos e de que o guardanapo estivesse impecável e precisamente dobrado, como se fosse alguém com um caso sério de TOC. Percebeu que eu o fitava fixamente. Explicou que todos os itens tinham que ser postos exatamente daquele jeito todas as manhãs. Se não quisesse ver uma Cordelia descompensada, precisava garantir que tudo estivesse arrumado à perfeição.

— Ela parece bem exigente — comentei. Kevin me aconselhou a subir com ele e ver com meus próprios olhos.

Então fui atrás dele ao longo de outros corredores de pisos rangentes, cheios de pinturas desbotadas e espelhos empoeirados nas paredes. Kevin parou ao lado de mais uma porta fechada. Reorganizou as feições em uma nova expressão, toda sorridente e de olhos esbugalhados, exagerada. Bateu com gentileza a princípio, mas não obteve resposta. Aumentou um pouco a intensidade das batidas.

— O QUE VOCÊ QUER? — perguntou uma vozinha fina e perfurante do outro lado, ainda que provavelmente a pessoa gritando já soubesse o que era.

— Srta. Cordelia, seu café da manhã — respondeu Kevin.

— Ah, pelo amor de Deus, entre LOGO, fazendo o favor? — resmungou ela.

— Fique aqui — sussurrou ele para mim, abrindo a porta com o cotovelo e me deixando no corredor. Retratos pintados de pessoas com roupas antiquíssimas me olhavam de cima.

Podia ouvi-lo desejando bom dia e sendo fabulosamente educado.

Durante todo o tempo que estive com vovô Kevin, que foi minha vida toda, ele jamais disse coisa alguma a respeito de Blackbrick, e vez alguma mencionou que tinha sido um escravo. Pessoalmente, acho que ele devia ter dividido comigo informações importantes como essas.

A voz pertencia à criança mais cheia de vontades na história do mundo.

— Era para *você* ter chegado às oito — repreendeu ela.

— Sim, Srta. Cordelia, sinto muito.

— Por que demorou tanto?

— Bem, tinha muitas tarefas a fazer.

— Bem, *eu* serei mesmo obrigada a contar ao papai o grande inútil que você é. Está sempre atrasado. Nunca faz meu café da maneira como gosto.

— Eu sei — disse vovô. — Sinto muito, Srta. Cordelia.

Tudo que Kevin fez foi desculpar-se e concordar, concordar e se desculpar, e depois sair do quarto meio que fazendo uma mesura, como alguém sem um pingo de autoestima.

— Você não devia deixar ninguém falar daquele jeito com você — comentei, quando estávamos de volta à cozinha, bebendo chá. De acordo com ele, porém, fazia parte de seu trabalho deixar a menina falar como quisesse, e, de qualquer forma, afirmou não prestar muita atenção. Segundo ele, também havia vantagens em ter que cuidar do café da manhã da menina. Para começo de conversa, podia afanar alguns pedaços de bacon. E aquilo era bastante útil, visto que estavam em plena guerra. A escassez de comida era uma realidade e resultava em fornecimento restrito dos alimentos básicos. E, fosse como fosse, disse que tão logo deixava a estúpida bandeja no quarto e aguentava as queixas da menina, a pior parte (de longe) do seu dia estava terminada.

Tinha razão. Depois daquilo, o dia foi basicamente ótimo. O tempo inteiro não parei de pensar que, em pouco tempo, estaria diante da minha avó Deedee. E cantarolei baixinho enquanto polia e varria e limpava e tirava poeira e preparava os vegetais.

Antes que me desse conta, já era hora de ir aos estábulos. Kevin disse que era um lugar famoso. Que doze cavalos costumavam ficar lá, mas que agora, com todos os gastos sendo cortados, só restavam dois.

A tinta na porta estava desgastada e descamando. Havia palha, serragem e pedaços de madeira no chão, que crepitavam e partiam enquanto caminhávamos. Os cavalos emitiam seus ruídos quentes, baixos e abafados para nos dar as boas-vindas, e já podia sentir algo se aquietando dentro de mim. Kevin abriu as portas das baias e guiou os animais para fora. Tinham lombos esguios e lustrosos, e balançavam as adoráveis cabeças afirmativamente enquanto Kevin dizia:

— Shh, shh, vocês dois, quero que conheçam alguém. O nome deste rapaz aqui é Cosmo. — Falava com os animais como se fossem pessoas.

Estendi a mão e acariciei seus focinhos.

— Esta aqui é Somerville — disse ele, dando tapinhas no pescoço da égua. — E este é o Ross. — Que era o maior dos dois.

Encostei o rosto contra o focinho de Ross e coloquei a mão no forte tronco reluzente de Somerville. Ficamos assim por horas, muito quietos, inspirando e expirando.

Depois de um tempo, Kevin disse que era melhor começarmos os trabalhos. Olhei para baixo e ergui uma das patas de Ross, enquanto ele levantava a de Somerville, e, da exata mesma maneira, corri meu dedo intacto pelos sulcos enquanto ele o fazia com seu cotoco. Fomos sentindo os pequenos pregos para ter certeza de que estavam perfeitos e firmes.

Havia algo de mágico em estarmos os dois fazendo exatamente a mesma coisa ao mesmo tempo, e acho que ele também percebeu.

— Quem é você, Cosmo?

— Achei que não podia mais falar sobre isso — respondi.

— Justo — disse ele, sorrindo, e voltou a olhar para as patas dos cavalos.

Atrelar carroças em cavalos é algo difícil de fazer, especialmente quando não resta muita claridade e são apenas duas pessoas para dar conta do serviço — e uma delas não sabe bem como fazê-lo. Observei Kevin com atenção e tentei lembrar tudo.

— Achei que você tivesse dito que tinha familiaridade com cavalos — comentou Kevin. Ele achou estranho eu não saber coisa alguma a respeito de carroças. Respondi que ninguém consegue aprender tudo de primeira.

Depois, fiz alguns esboços e anotei todos os detalhes no caderno de Ted, pois nunca se sabe quando informações assim poderão ser úteis.

Fiz o melhor que pude para não pensar demais no presente, mas não era fácil. Ele insistia em se infiltrar em meus pensamentos no meio das conversas com Kevin, e eu não conseguia parar de pensar em John, em como ele estaria em seu novo lar e como eu precisava vê-lo. Mas estava decidido a passar ao menos alguns dias no passado, e, Ok, sei que era estranho eu estar lá e tudo mais, mas precisava permanecer calmo e não desmoronar. Comecei a me sentir mal ao imaginar o que Ted e vovó e vovô estariam fazendo naquele momento, quando provavelmente já eu tinha sido oficialmente declarado desaparecido. Esperava apenas que, quando voltasse, eles ficassem tão aliviados ao me ver que pudessem deixar a raiva para lá. Fiquei imaginando se mamãe estaria ligando, e, caso estivesse, que diabos diriam a ela. Mas eu não podia me permitir muita distração. Porque, bem... Quando se está estudando a infância de seus ancestrais e fazendo o maior número de anotações possível, o trabalho é em tempo integral. É preciso manter o foco. Cuidar de uma zona temporal por vez. Isso foi algo que aprendi. Uma informação de utilidade pública que todos deveriam saber.

Por isso, quando Kevin perguntou "E então? Pronto?", respondi que sim, cem por cento.

Os animais resfolegaram e gemeram para nós. Kevin deu mais tapinhas amigáveis, dizendo "Calma, garota; calma, amigo". Depois, saímos do pátio, e os cavalos foram ótimos, serenos e obedientes. John ficaria louco se alguém tentasse prendê-lo a uma carroça daquelas.

Dedos fantasmagóricos de neblina haviam começado a se arrastar ao redor das árvores outra vez. Kevin trouxera um cobertor, e nós dois subimos na carroça.

— Andem, andem — disse ele a Ron e Somerville, que começaram a trotar como se fosse perfeitamente ótimo estarem presos a uma carroça com dois seres humanos de porte quase adulto dentro dela. Kevin abriu o cobertor sobre nossos joelhos como se fôssemos dois velhos.

Não havia nada de "velho" na maneira como saímos, contudo. Aceleramos bastante e passamos por um novo caminho, diferente dos outros. Era a trilha que levava para os Portões Norte, explicou Kevin.

Em pouco tempo estávamos a pleno galope, disparando pelo caminho, com novos portões nos encarando. Semicerrei os olhos, metade de mim pronta para cruzar alguma outra fronteira temporal assim que passássemos para a estrada. Estava a ponto de dizer adeus. Quando abri os olhos, no entanto, já estávamos do outro lado, onde as estradas eram feitas de lama. Ri um pouco. O vento começava a ficar mais forte, e eu podia sentir a carroça sacolejando enquanto rajadas nos atacavam, invisíveis, vindo de todas as direções.

— Uau, ainda estou aqui — murmurei.

E Kevin exclamou:

— Claro que está! Onde mais estaria?

Descobri que é mais fácil conversar quando se está em uma carroça em alta velocidade do que em praticamente qualquer outra situação existente.

— Ei, Kevin, espero que você não ache essa pergunta muito pessoal nem nada, mas como foi que perdeu o dedo?

Ele olhou para a mão e exclamou:

— Meu Deus! Meu dedo. Perdi o dedo!

Deve ter sido a primeira vez que fez aquela piada, pois gargalhou durante horas e aquilo era meio que contagiante. Quando nos acalmamos, tentei:

— Não, mas sério, o que é que aconteceu?

— Sou cavalariço, não sou? Perda de dedos é um risco ocupacional. Basta um momento sonhando acordado e bam! — exclamou, fazendo uma mímica exagerada de um martelo batendo na mão. Depois, continuou: — Mas também aprendi uma boa lição. Existem momentos para sonhar acordado, mas também existem momentos em que isso não é uma ideia tão boa assim.

— Faz falta?

— Bem, é um pouco chato quando estou tentando apontar para alguma coisa, mas, fora esse inconveniente, até que me viro bastante bem sem ele.

Contei a Kevin como minha mãe tinha me deixado para trabalhar na Austrália, embora eu raramente discutisse o assunto com as pessoas porque ninguém sabia o que dizer. Até onde sei, não é comum mães partirem sem os filhos para outros continentes. Ele me escutou com bastante atenção. Não entrou no modo falsa compaixão, como algumas pessoas costumam fazer quando ouvem histórias desse tipo, tampouco me interrompeu ou perguntou como me sentia ou como estava lidando com aquilo, nem qualquer outra inutilidade. Esperou até que tivesse terminado, e, quando cheguei ao fim, disse que eu parecia sentir muito a falta dela, e respondi que sim, às vezes.

Em seguida, Kevin me contou um pouco mais a respeito da menina que estava indo buscar, e eu, claro, sabia o tempo inteiro de quem ele estava falando. Disse que ela era maravilhosa e ficou divagando sobre seus cabelos escuros e cacheados e seu rosto pálido como casca de ovo.

— Parece que você gosta muito dela — comentei, pronunciando, é claro, o eufemismo do século.

Perguntei por que a buscara antes. Kevin me contou que já tinha ido até lá, mas que os pais dela o mandaram embora quando ele aparecera sozinho, saído do nada, montado em um cavalo, sem qualquer documentação, ou aviso prévio.

— Me corrija se eu estiver errado — ponderei —, mas não é exatamente isso que faremos novamente?

Kevin sorriu e disse que havia uma diferença crucial. E a diferença crucial era eu. Eu e a carroça.

Ninguém jamais começa a trabalhar na casa principal sem ser primeiro contatado formalmente pelo proprietário ou um de seus representantes. Portanto a carroça de Blackbrick era sempre enviada, e não um garoto local montado em um cavalo sem sela. Sem carroça, ninguém poderia ter certeza de que o acordo era sólido. Exatamente por esse motivo que, da vez anterior, os pais da moça não haviam permitido que ela fosse embora.

Aquele oportunista do vovô estava tentando levá-la clandestinamente para dentro da Abadia. E essa seria sua segunda tentativa.

Em seguida, revelou que eu teria que fingir ser sobrinho de lorde Corporamore. Queria que tivesse me contado esse detalhe um pouco mais cedo do que três minutos antes de chegarmos.

Disse que ficaria escondido atrás do carro e que eu deveria dizer aos pais da moça que meu nome era Cyril, um nome que ele aparentemente achava bastante realista para um sobrinho da família.

Não discuti, embora teria preferido receber um nome não idiota ao menos uma vez na vida, ainda que apenas por alguns momentos.

Kevin me passou as rédeas. Disse que se continuasse me comportando bem, deixaria que guiasse na volta também. A carroça se movia ruidosamente, mas os cascos de Ross e Somerville batiam lindamente no chão, fazendo uma espécie de som animador. O vento soprava, fresco e energético e uivante, e eu só conseguia pensar em uma coisa.

Em pouco tempo, iria vê-la.

Era uma casa pequenina no meio de uma fileira de outras casas. Dirigi-me à porta.

Um grupo de crianças ficou muito quieto, fitando-me com expressão séria. Quando anunciei que meu nome era Cyril Corporamore, pensei ter visto alguns olhares de compaixão, mas posso tê-los imaginado.

Cumprimentei os pais da jovem com apertos de mão e perscrutei seus rostos ao mesmo tempo que tentava agir como se não tivesse qualquer ligação especial com eles.

— Olá — cumprimentei.

— Como vai, senhor? — perguntaram os dois, como se eu fosse alguém importante.

Disse a eles que tinha sido enviado ali por George Corporamore, ainda que pudesse ficar muito encrencado por estar me passando por outra pessoa. Mostrei-lhes a carroça de Blackbrick, atrás da qual Kevin estava agachado, e falei que tinha ido até ali para informá-los de que o plano de levar sua filha para trabalhar na casa era cem por cento legítimo.

Continuei dizendo que sentia muito pelo mal-entendido anterior — quando Kevin viera sozinho — e que era claro que deveríamos tê-los notificado previamente, e como, parando para pensar, ha-ha-ha, o arranjo devia mesmo ter parecido muito suspeito aos dois.

E os pais garantiram que não tinha sido sua intenção não cooperar, mas que a chegada de Kevin já tarde da noite parecera de fato um pouco estranha. Todos trocamos olhares amigáveis de compreensão. Fui mais ou menos estupendo ao mentir sobre tudo.

Perguntaram-me se tinha uma carta, e, àquela altura, já tinha feito um curso intensivo e ganhado muita experiência em improvisar, afirmei que cuidaria para que fosse escrita e entregue. Os dois assentiram como se pensassem que estava tudo muito bem.

Todos na casa corriam de um lado a outro e ouvimos gritinhos agudos e outros ruídos — um misto de empolgação e preocupação. As crianças reuniram-se ao meu redor, ainda encarando e me deixando um pouco nervoso.

Mas consegui. Deu certo. Foi estressante por conta da pressão inerente a ser um grande mentiroso. Durante um tempo, achei que as marteladas na minha cabeça jamais cessariam. Então ela veio até a porta e as batidas pararam. Tudo parou.

Fiquei imaginando por que ninguém jamais me contara como era ridiculamente bonita. Também me perguntei por que ela própria nunca me falara dos zilhões de irmãos e irmãs que tinha. Devo ter tido um bando de parentes velhos que nunca foram mencionados durante todo o tempo em que a conheci, ou seja, minha vida inteira. Quando já era idosa, Deedee estava sempre falando sobre a importância da família e sobre como é vital ficar perto dos entes queridos. Por isso me pareceu estranho que jamais tivesse revelado coisa alguma a respeito daquela turma de irmãos e que só agora eu estivesse sabendo da existência deles.

Antes de deixar sua casa, pousou as mãos nos rostos de cada uma das crianças e beijou suas cabeças. Parados à porta, o pai assoou o nariz, e a mãe alisou seus cabelos e abotoou o casaquinho fino. Tentei tranquilizá-los e assegurá-los de que ela estava em boas mãos e que ficaria tudo bem, não que se possa realmente garantir algo assim. Fiz o melhor que pude para dar a impressão de que sabia do que estava falando, mas preciso admitir que achei difícil conseguir falar qualquer coisa. Em grande parte por causa da beleza daquele rosto.

Kevin ainda estava escondido atrás da carroça. Ela caminhou comigo, recuando de costas para o pequeno caminho pedregoso, acenando para o pai, a mãe e todas aquelas crianças. Disse-lhes que não havia motivo para ficarem lá acenando enquanto íamos embora. Aconselhei que voltassem para dentro, senão congelariam. Finalmente, fecharam a porta. Foi quando Kevin pulou de seu esconderijo e ela quase morreu de susto. Quando se recuperou, ele a tomou pela mão, todo gentil e amoroso. Enquanto subia na carroça, os cabelos despenteados da menina tocaram acidentalmente em meu rosto. Pude sentir sua respiração em minha pele, e algo dentro de mim começou a se aquecer.

Kevin ajeitou o cobertor ao redor dela e repetiu algumas vezes:

— Como você está?

— Estou muito bem. É tão maravilhoso ver você.

Estavam obviamente ocupados demais conversando para pensar em detalhes práticos como guiar a carroça, de modo que tomei as rédeas, e os cavalos começaram a trotar de volta a Blackbrick.

— Kevin, não posso acreditar. Você voltou para me buscar, como tinha prometido — disse ela.

Kevin começou a discursar a respeito de como nunca quebrava suas promessas, como se eu sequer estivesse lá ou tido alguma participação na coisa toda.

Achei que aquele seria um momento excelente para revelar a verdade. O timing era mais ou menos perfeito, e eu estava bastante empolgado. Por isso, sem esperar um segundo a mais, falei:

— Ei, adivinhem só? Eu sei um montão de coisas sobre vocês.

Estava me sentindo todo sabido e sábio, daquele jeito que apenas viajantes no tempo podem se sentir. Tinha certeza de que estava prestes a deixá-los abismados.

— Por exemplo — continuei, olhando para ela. — Sei qual é o seu nome. — A jovem olhou para Kevin, e os dois me fitaram com expressões não-tão-impressionadas-assim.

— Você se chama Deedee.

Um silêncio um tanto assustador se instalou, e presumi que estavam absorvendo minha sagacidade.

— Deedee? — repetiram. — Quem é Deedee?

— Não se preocupe — sussurrou Kevin para ela e bateu o cotoco do dedo na lateral da cabeça, o que eu sabia que era sua maneira de dizer que havia um maluco a bordo.

Disseram que jamais sequer tinham ouvido um nome daqueles em suas vidas.

— Esta aqui é Maggie — apresentou ele, apontando com aquele dedo outra vez. — Maggie McGuire.

E sua voz foi tão certeira e sólida quanto uma bala zunindo em minha direção.

# 9

Estava tudo errado.

Aquela menina parecia ter uns 15 anos, talvez 16, e tinha uma tonelada de irmãos que vó Deedee nunca teve. Era uma pessoa totalmente diferente.

*Ah, não,* disse para mim mesmo. *Estou alterando a história aqui. Interferindo com a ordem natural das coisas.* Foi apenas naquele momento que me dei conta de como aquilo era perigoso e arriscado. Não se deve bagunçar o passado assim.

O fato é que, se você quiser existir, então seu avô precisa casar-se com uma pessoa muito específica, e, em meu caso, o nome dessa tal pessoa não era Maggie McGuire. E agora tinha um ponto de interrogação gigantesco pairando acima de mim e de basicamente toda a minha existência futura.

— Ooopaa! — E puxei as rédeas, fazendo os cavalos desacelerarem até pararem totalmente.

— Cosmo, o que você está fazendo? — indagou Kevin.

— Continue andando! Temos que voltar o mais rápido que pudermos. Não é hora de relaxar.

— Não estou relaxado — retruquei, o que definitivamente era verdade. — Com licença um segundo — pedi a Maggie, e ela me olhou e sorriu.

É muito difícil explicar o que acontece quando Maggie sorri para você, mesmo sob circunstâncias estressantes como as que eu experimentava naquele instante. Poderia dar um monte de detalhes, como, por exemplo, que seu cabelo estava todo despenteado e que seu rosto era muito pálido e oval e tudo o mais, mas nada disso teria sido o suficiente para passar a ideia.

Enfim, perguntei a Kevin se ele poderia sair da carroça comigo, pois havia algo que precisávamos discutir em particular e era importante.

— Por tudo o que é mais sagrado, mas que diabos você está fazendo? — perguntou ele depois de termos os dois descido para o chão lamacento.

— Tem uma coisa que preciso muito conversar com você. E tem a ver com você e essa garota. Veja bem, a questão é que ela não é, nem um pouco, a garota que tinha que ser.

— Meu Deus Todo-Poderoso — murmurou ele, a voz um pouco arenosa e sombria. — Fique fora disso. Não é da sua conta.

Ele próprio não passava de um adolescente, jovem demais para estar pensando em assumir um compromisso pela vida inteira com alguém, especialmente se esse era a pessoa com quem não deveria ficar.

O outro problema razoavelmente grande era que a menina era deslumbrante. E, se Kevin realmente acabasse ficando com ela, como dizia que ia ficar, então eu tinha quase certeza absoluta de que isso significaria não terminar com vovó Deedee. Se isso não acontecesse, eu basicamente nunca chegaria a nascer.

É típico para mim me meter em uma situação como essa.

— Quero só que fique sabendo que, para o seu conhecimento, você não pode se casar com ela.

— Por que não?

— Bem, para começo de conversa, você é só um garoto.

— Não, não sou. Tenho 16 anos, e essa já é uma ótima idade para as pessoas começarem a pensar no futuro.

Disse a ele que, em minha opinião, pensar no futuro era uma coisa incrivelmente superestimada.

— Olha, quantas meninas você conheceu na vida?

Ele admitiu que não foram tantas assim.

— Viu só? Viu só? Como é que você pode saber que ela é a mulher certa se ainda nem deu uma boa olhada por aí? Podem existir bilhões de outras garotas em um monte de outros lugares que poderiam ser perfeitas para você.

E foi naquele instante que me ocorreu que, mesmo que sua vida esteja um lixo, apenas a ideia de não nascer... Bem, digamos que não achei que fosse uma opção particularmente boa.

—Ok, enfim, escuta — pedi. — Mudei de ideia, e acontece que não podemos levá-la para Blackbrick. Temos que levá-la de volta para casa. Porque sei com certeza que ela *não* é o seu futuro. Vai dar tudo muito errado se vocês casarem, e não vou deixar isso acontecer.

Encarei-o, tentando me transformar em alguém com quem não ele não fosse querer discutir. Não funcionou. Kevin tinha aquela expressão óbvia de irritação estampada no rosto.

—Certo. Espere um momento aí. Quem é você para me dizer tudo isso? O que é que o torna o grande sábio de todas as coisas que eu devia e não devia fazer, e de decisões que não têm nada a ver com a sua vida? Sobe nessa carroça outra vez e vamos logo com isso — rosnou ele, apontando adiante e agindo como se eu fosse seu escravo.

—Não subo, não.

—Bem, estupendo — respondeu. — Porque para mim não faz diferença alguma. Não muda nada deixá-lo aqui.

—Bem, se fizer isso, volto lá e conto toda a verdade para os pais dela. Vou dizer que o lorde Corporamore não sabe dessa sua trama esquisita e duvidosa.

Definitivamente não estava preparado para o que ele fez em seguida.

Agarrou minha camiseta e começou a me girar. Tentei impedi-lo, mas acabei descobrindo que era muito forte. Depois, Kevin me jogou no chão.

Cerrou a mão em um punho cheio de nós e me deu um soco. Pude sentir uma queimação dormente, que era o começo de um grande olho roxo que acabou se instalando em meu rosto por bastante tempo depois daquilo.

Estava deitado no chão, e ele mantinha o pé em meu peito, os dedos na direção do meu queixo, discursando a respeito de como ele era mais obstinado que eu.

— Por que está ameaçando me sabotar? Fui eu quem deixou você ficar. Devia ter mandado você de volta para o inferno de lugar de onde veio assim que o vi. E saiba que ainda posso me livrar de você agora. Tudo o que tenho de fazer é avisar Corporamore que está aqui, fazendo todas aquelas anotações em seu caderno e sem qualquer documento para provar sua identidade.

Argumentei com ele com toda a clareza com que era capaz de falar, embora àquela altura estivesse extremamente tonto.

— Me escute um segundo, Kevin, por favor, escute. Sei de coisas que você não sabe, e venho de um lugar onde nenhum de vocês esteve; preciso que confie em mim. Maggie não é o seu destino, e você não é o dela, e, se vocês se tornarem destino um do outro, então um monte de pessoas vai ficar encrencado, inclusive eu.

— De que tipo de encrenca está falando? — perguntou ele, sem fôlego.

— Do tipo de encrenca de inexistência. Minha vida provavelmente está por um fio.

Kevin olhou para mim como se fosse a pessoa mais miserável que já conhecera na vida.

— É difícil de explicar. E sei que parece maluquice e tudo. Mas você tem que acreditar em mim. Por favor.

Minha voz foi ficando cada vez mais baixa. De repente, me senti um tanto humilhado. Acho que era por conta da maneira como ele me olhava e do quão extremamente esquisito ele obviamente achava que eu era. Podia sentir meu corpo murchando como se todo o ar tivesse se esvaído de mim. Eu temia estar no processo de apagar meu próprio futuro, mas, além disso, me sentia decepcionado. Se você ficou todo empolgado, na expectativa de encontrar com a versão mais jovem de sua avó e, de repente, se deu conta de que está frente a frente com alguém que na verdade não é ela — isso é decepcionante de um jeito muito particular e estranho.

— E tudo o que *eu* preciso que *você* faça é que ouça com muito cuidado o que *eu* vou dizer. Porque será a última vez: Maggie McGuire virá conosco para Blackbrick. Nada vai impedir isso. Entendeu? Se ainda está pensando em se contrapor à minha vontade, então vou machucá-lo outra vez e, desta vez, pode ser que você nunca se recupere. Mas não acho que queira realmente se contrapor a mim, ou quer?

Se soubesse o que contrapor queria dizer, poderia estar em uma posição melhor para dar minha opinião.

Kevin tirou o pé de cima do meu peito, e me sentei.

Àquela altura, Maggie já saltara da carroça.

— Kevin? Deus do céu. O que, em nome de Deus, você está fazendo com o pobre do sobrinho de lorde Corporamore?

Estavam muito perto de mim, mas, por alguns minutos, não tive forças para me levantar. Peguei bocados de lama do chão e meio que os atirei para longe, fazendo-os se espalharam em várias direções.

Depois disso, ele não disse mais nada de cruel para mim. Aguardou um pouco até que eu me acalmasse.

— Está bem, acalme-se. Você está sendo um aborrecimento enorme, mas, de qualquer forma, não me agrada ver ninguém sofrendo assim.

Minha vontade foi dizer a ele que, se não gostava, então não deveria ter me dado um soco daquele jeito.

— Kevin, o que foi que deu em você, o quê...? O menino não nos quer mal. Ele está nos ajudando, não é, Cyril? — disse Maggie, que me fitou e abriu mais um de seus sorrisos fantásticos.

Perguntei-me se ele realmente se sentia mal por mim, ou se estava apenas querendo impressionar a namorada.

— Não quis ser tão duro com você — disse ele com suavidade. — Mas, veja bem, não vou deixar ninguém se colocar entre mim e Maggie, e o sujeito que ameaçar fazer isso vai me deixar furioso. É essa a minha posição sobre o assunto. Não estou me desculpando por ela, embora admita que tenha me deixado levar ainda há pouco. Vou fazer uma única pergunta, que é: você vai continuar nos ajudando?

Virei-me no chão frio e me impulsionei a fim de ficar de pé, um pouco trôpego no início.

Sei que é bem pouco provável que aconteça, mas, caso um dia você encontre seu avô em sua versão jovem, não seja agressivo demais com ele, mesmo se for provocado.

— Ok, ok. Vou continuar ajudando — concordei, ainda que algo dentro do meu cérebro parecesse afundar na areia movediça do tempo.

Quando voltamos para a carroça, Maggie riu um pouco e disse:

— Bem, louvado seja o Senhor, fico muito feliz que tenhamos resolvido essa questão.

E, assim, o plano de Kevin de levá-la para Blackbrick estava subitamente prestes a se realizar. Os cavalos trotavam pela avenida Norte e, naquele momento, eu já sabia que teria que arquitetar um plano, e teria que fazê-lo rápido se quisesse ter qualquer chance de existir no futuro.

Àquela altura, meu avô não parecia se importar com nada além de Maggie. Fitaram-se, sem piscar, durante horas, até que eventualmente precisei dizer:

— Pessoal, fico satisfeito que vocês estejam felizes por estarem juntos e tal, mas será que não podiam esperar chegarmos aos estábulos? Porque sou eu quem tem de guiar a carroça e meio que preciso de concentração.

Era óbvio que os dois estavam embarcados no expresso da paixão. E o problema é que uma paixão assim pode ser algo muito difícil de reverter.

# 10

Não é como se não soubesse como a situação toda era bizarra — encontrar meu avô em sua adolescência, depois conhecer essa linda estranha que não era minha avó, mas que ele idolatrava, e ajudar a unir os dois — e me dar conta de que, se realmente queria ter a chance de existir, então juntá-lo com alguém que não minha avó não era muito vantajoso para mim, para dizer o mínimo. Parece maluquice total, sei disso, e tampouco eu teria acreditado se não estivesse acontecendo comigo. Pode ser que algumas pessoas cheguem a pensar que estava tendo uma grande, gigantesca alucinação, porque talvez eu fosse louco de fato. Mas só porque não se pode explicar algo cientificamente, não quer dizer que isso tenha sido inventado pelos confins mais obscuros de um cérebro miserável. Coisas estranhas acontecem. Esse é o lance de estar vivo: é totalmente esquisito.

Não fazia ideia de como o plano se desenrolaria quando chegássemos, mas descobri que Kevin já tinha boa parte das questões práticas resolvidas. Vinha organizando os detalhes fazia tempos, aparentemente.

Havia toda uma grande porção de Blackbrick aonde ninguém mais ia. Era chamada de Ala Crispim, e foi para lá que ele levou Maggie. Ela começara a desconfiar de que tinha algo errado — obviamente, pois não era burra — e a perguntar por que estávamos andando furtivamente, mas Kevin apenas lhe dizia para confiar nele, e ela repetia que era *claro* que confiava.

— Sem mais perguntas, Maggie — cortou ele. — Ao menos até estarmos com tudo resolvido.

Caminhamos ao longo de um corredor marrom reluzente. À direita, ao fim dele, havia uma porta grossa marcada por rachaduras profundas, como se fossem antigas feridas. Kevin a empurrou. Do outro lado, ficava um cômodo frio, muito empoeirado, com o vento saindo em rajadas pela grande lareira manchada. Havia escovões, panos e um balde empilhados perto dela. Era como se alguém estivesse no meio da tarefa de limpar o lugar e subitamente desistido por algum motivo. Kevin cruzou o quarto, passando por poltronas desgastadas e objetos que lembravam sofás, todos cobertos por lençóis cinza manchados. Havia mais uma porta. Atrás dela, um tipo muito mais convidativo de cômodo, com uma cama ampla e limpa e cobertores que pareciam quentinhos. O fogo devia ter sido aceso mais cedo. Já estava quase extinto, mas ainda ardia sem chama sobre a grade, deixando escapar pequenas explosões de luminosidade ocasionais. Uma vela gorda bruxuleava em uma mesa baixa. Havia uma enorme estante que chegava até o teto. Todas as prateleiras deformavam-se em curvas suaves, graças ao peso de tantos livros de capa dura. Havia também um espelho e uma cadeira de aparência confortável. Durante um ou dois segundos de inveja, pensei em meu próprio quartinho frio e meu colchão fino.

Ela não parava de dizer como era tudo perfeito e que se sentia uma rainha e como a cama parecia confortável.

— É, parece mesmo — comentei.

— Você vai ficar bem aqui por enquanto? — indagou Kevin.

— Ah, claro que vou.

Depois, ele disse que tínhamos que ir, ou a Sra. Kelly começaria a se perguntar onde estávamos. Ao caminharmos para a porta, estendeu-me a mão e nos cumprimentamos.

— Obrigado, Cosmo.

— Cosmo? — perguntou Maggie da cama. — Achei que o nome dele era Cyril.

Kevin disse a Maggie para tentar descansar e que, em pouco tempo, explicaria tudo adequadamente. Tivemos que deixá-la ali e voltar para a parte principal da casa.

— Sou de fato grato por ter nos ajudado da forma como ajudou. Não poderia tê-lo feito sem você — agradeceu ele.

E, embora eu soubesse que havia um grande risco de ter aniquilado meu próprio futuro naquela noite, ainda assim parte de mim sentia-se bastante bem.

# 11

Descobri que o lugar onde instalamos Maggie eram os antigos aposentos do irmão de Cordelia, mas ele não morava mais lá. Nem em lugar algum. Estava morto. Morreu durante um intervalo na guerra. Aqui em Blackbrick. A mim, pareceu uma má sorte tremenda alguém morrer enquanto estava de *férias* do combate.

Kevin disse que, desde então, George Corporamore transformou-se. Estava sempre raivoso e inquieto, e frequentemente ficava rondando o lugar no meio da madrugada, ou indo aos estábulos de manhã cedo antes de o sol nascer, murmurando o nome do filho e se comportando um pouco como um velho caduco.

Não pedi detalhes, pois não era da minha conta, mas Kevin também me contou um pouco sobre Crispim: que seus pais o amavam muito, o que tenho certeza de que era verdade; que tinha sido um rapaz bastante corajoso; e que tinha sido, de longe, o Corporamore mais popular de Blackbrick ao longo de gerações. Pelo que pude entender, ajudara várias pessoas a escapar de alguma daquelas trincheiras dos infernos, mesmo que seus rostos e braços tivessem sido arrancados por explosões e que tivesse sido bem difícil, uma vez que ele mesmo tinha estilhaços alojados no corpo e vivia em permanente estado de horror.

Crispim fora um herói, o que serve para provar que ter um nome esquisito não necessariamente determina como você se comportará em uma situação de crise.

Mais tarde naquela noite, estava me sentindo um pouco solitário, por isso fui até a Ala Crispim e encontrei Kevin, que estava sentado na cama de Maggie. Ela me cumprimentou, e ele sorriu. Fiquei bem alegre de ver que pareciam felizes em me encontrar.

Em pouco tempo, estávamos os três conversando. Ela perguntou quando começaria a trabalhar e que tipos de afazeres teria.

— Maggie, só para informá-la, você não trabalha aqui de verdade — expliquei, tentando ajudar. Também confirmei que meu nome não era Cyril e que não era membro da família Corporamore.

— Ah, Kevin, não acredito que fez isso! — exclamou ela, virando-se para vovô. Eu não sabia dizer se estava feliz ou triste.

— Fiz o quê? — indagou ele. Não sabia dizer se estava culpado ou orgulhoso.

— É claro que fez. Eu sabia. Você me trouxe para cá ESCONDIDA. Ah, pelo amor de Nosso Senhor.

— Boa sacada — comentei um pouco sarcasticamente.

Kevin, no entanto, mostrou-se muito bom em acalmar pessoas que acabam de se dar conta de que algo escuso está acontecendo. Já era aproximadamente a décima quinta vez que repetia para Maggie que devia confiar nele. Disse que tudo estava resolvido e que as coisas ficariam bem. Por fim, a menina já não parecia mais tão irritada ou preocupada com o fato de que tinha sido trazida sob falsos pretextos. Na verdade, parecia até um pouco empolgada, como se o trato fosse ainda melhor do que tinha pensado — como se aquilo só tornasse Kevin ainda mais fabuloso do que já era.

Ele dizia o tempo todo que tinha tudo resolvido, que só precisava conversar com algumas pessoas dali e logo a presença dela não teria mais que ser mantida em segredo. No entanto, eu sabia que ele estava improvisando. Kevin não fazia ideia de como a questão de Maggie se desenrolaria. Não sabia como seria o desenrolar de qualquer coisa. Ninguém sabe.

Eu me esquecera de dizer a Kevin que os pais da menina exigiram uma carta, de modo que o inteirei. E, quando o fiz, Kevin ficou todo: "Ah, sim, não tinha pensado nisso. Consegue escrever?" Respondi que sim, é claro que podia escrever.

— Ah, que ótimo. Que bom que você pode.

— Por que é que você mesmo não escreve? — indaguei.

— Não posso.

— Por que não?

— Porque acabei nunca aprendendo como se faz.

Me pediu que parasse de fazer aquela expressão de choque tão grande. Lembrou-me de que eu também não sabia como prender a carroça aos cavalos. Disse que tinha tido uma infância muito atarefada, em que aprendera a fazer várias coisas úteis, mas que escrever não estava entre elas. Nem ler.

— Você não sabe *ler*?

Maggie disse que ela também não sabia. Não parecia pensar que isso fosse algo particularmente vergonhoso.

É incrível o que podemos descobrir quando viajamos ao passado. Podemos, por exemplo, descobrir que nosso próprio avô era analfabeto aos 16 anos. Se ele ou Maggie estivessem em meu ano no colégio, teriam sido obrigados a ter aulas de reforço com DJ Burke e os gêmeos Gerathy. Essa informação a respeito do baixo nível de instrução era perturbadora, e não estava muito inclinado a me demorar no assunto. Já tinha problemas o bastante.

Disse-lhes, no entanto, que, enquanto estivesse ali, poderia dar algumas dicas de como ler e escrever.

— Se você quiser... — retrucou Kevin, mas não soou entusiasmado, nem agradecido, nem nada.

Fui ver Maggie na manhã seguinte, antes de todos acordarem. Pedi desculpas por ter ido tão cedo, mas ela disse que não havia problema. Já estava acordada, de qualquer forma.

— Você deve estar começando a se lamentar que o Kevin tenha ido buscá-la, sem ter nada para fazer aqui e tal...

— Não lamento nem um pouco. Para ser sincera, considero isso a coisa mais maravilhosa que poderiam ter feito por mim. Esperava por isso há nem sei quanto tempo.

— Não acha um pouco estranho? Não está preocupada?

— Preocupada com o quê? — perguntou ela, seus enormes olhos castanhos reluzindo, redondos, grandes e, bem, você sabe... Lindos.

— Com o que os tais Corporamore fariam se encontrassem você aqui? Com a possibilidade de estar muito encrencada por entrada ilegal e invasão? Por ter sido trazida clandestinamente?

Respondeu que era quase impossível temer ou se preocupar agora que estava com Kevin. Maggie continuava falando dele como se fosse o cara mais fabuloso do planeta. Acredito que àquela altura já estava ciente de que nada do que eu dissesse faria qualquer diferença para ela. Mas insisti longamente. Tentei explicar que aquele era um péssimo lugar para se trabalhar. Contei a respeito de Cordelia e sua pentelhice, e de como Kevin passava praticamente a manhã inteira tentando preparar um café da manhã perfeito para ela, mas que esse desjejum nunca era bom o suficiente e ele tinha sempre que ficar se desculpando por basicamente nada.

— Sério, Maggie — insisti. — Este pode parecer um lugar fantástico para se estar, mas, sendo sincero com você, trabalhar aqui é péssimo.

Mais motivos para ficar, explicou ela. Para ser companhia para mim e Kevin, e nos alegrar.

— Você está errada, Maggie. Vai ser muito melhor você voltar para casa e parar de perder seu tempo. Minha estadia aqui também será breve, preciso voltar para casa também. No final da semana já terei ido embora, e, se tiver juízo, você fará a mesma coisa.

Maggie não me dava ouvidos. Não creio que teria escutado qualquer um à exceção de Kevin.

Perguntei a respeito de todos os irmãos e irmãs mais novos que tinha, e ponderei que deveriam estar sentindo muito a falta dela. Alguns deveriam até estar chorando, desejando que ela voltasse. Não ficariam emocionados se a vissem de volta? Era golpe baixo, eu sei, mas, quando se está desesperado, é preciso usar todas as táticas então disponíveis.

Maggie respondeu que sentia saudades da família e admitiu que partira seu coração dizer adeus. Seus olhos ficaram um pouco anuviados. Por um segundo, pensei que tinha se convencido, mas ela rapidamente mudou de assunto dizendo que Kevin fora seu salvador, blá-blá-blá, e que não queria ficar em lugar algum sem ele, blá-blá-blá... E como ele era um verdadeiro príncipe e coisa e tal.

Eu só tinha mais alguns dias antes de ter que voltar e ministrar aulas sobre o passado ao vovô. Era a única forma de garantir que ele passasse no teste de memória e que ninguém o levasse embora. Não me restava muito tempo. Só que dá um trabalho e tanto tentar separar duas pessoas que jamais deveriam ter estado juntas. Além do mais, nenhuma delas estava facilitando para mim.

No dia seguinte, por exemplo, Kevin tinha ido até a Ala Crispim para ficar com Maggie antes mesmo de eu ter descido para a cozinha. Quando cheguei, a Sra. Kelly estava lá, alisando seu avental. Ela ajeitou meus cabelos um pouco como se fosse minha avó, e não uma estranha em uma casa antiga. Então disse:

— Bem, Cosmo, Kevin deveria estar cuidando de diversos afazeres hoje, mas está ocupado e disse que você ficaria responsável por eles. Claro que não é nosso costume que os visitantes trabalhem pela hospedagem. No entanto, como vivemos dizendo, os tempos mudaram e pode ser que ajudar faça muito bem a você.

— É, pode ser mesmo — respondi, e o tempo inteiro não parei de pensar que sabia muito bem com o que Kevin estava "ocupado". Ocupado tentando agarrar Maggie na Ala Crispim, com certeza. Enfim, o fato era que definitivamente não podia deixar aqueles dois sozinhos por muito tempo. Não era seguro. Podia visualizá-lo repetindo como gostava muito dela, depois pedindo sua mão em casamento; e eu já sabia que não era preciso muito poder de persuasão para fazer Maggie dizer sim.

Estava prestes a dizer a Sra. Kelly que não tinha tempo para cuidar dos afazeres alheios, muito menos os de Kevin. Estava prestes a me dirigir para os aposentos de Maggie com a intenção de ficar taticamente segurando vela, quando algo se infiltrou em minha cabeça. Era uma ideia, e essa ideia consistia em dedurar meu próprio avô.

# 12

É bem interessante a maneira como alguém pode passar de neto leal e confiável para rei dos dedos-duros em um período relativamente pequeno de tempo. Basta algumas circunstâncias da vida mudarem.

Perguntei à Sra. Kelly quais eram os serviços que teria de fazer. A mulher começou a declamar todos os itens de uma lista monumental, e comecei a anotá-los, pois era mais do que conseguiria me lembrar. Ela ficou impressionada por eu ser capaz de escrever. Perguntou de onde eu vinha e qual era a minha família, apesar de ter prometido que não faria mais perguntas daquele tipo. Disse a ela que não podia falar sobre meu passado, que era doloroso demais, o que é uma ótima maneira de fazer as pessoas pararem de se intrometer em assuntos que você não está interessado em discutir.

A primeira tarefa da lista era preparar e levar o café da manhã de Cordelia. Podia sentir meu plano tomando forma. Depois disso, deveria limpar a grade de três lareiras, varrer o chão da cozinha, descascar uma bacia gigantesca de batatas, polir os móveis no corredor e alimentar os cavalos. Disse à Sra. Kelly que podia contar comigo, sem problemas.

— Deus do céu, Cosmo, mas você é mesmo um sujeito e tanto!

— Obrigado. — Ser chamado de "sujeito e tanto" já era um avanço em relação a "doido varrido". Achei que estava fazendo progresso.

Ela me observou com olhos perdidos enquanto eu começava a preparar o café da manhã de Cordelia. Repetiu meu nome algumas vezes e perguntou como diabos tinha recebido uma alcunha tão incomum. Respondi que também gostaria de saber.

Já tinha resolvido exatamente o que faria — uma coisa muito feia —, mas, naquele momento, achei que não tinha muita alternativa.

Quando bati à porta de Cordelia, a menina foi tão grosseira comigo quanto havia sido com Kevin.

— Ah, entre LOGO.

Quando entrei, vi sua expressão dura e ríspida, e ela me dirigiu palavras amargas e atravessadas. Perguntou quem diabos eu era. Respondi que era um empregado novo e que tinha vindo para ajudar por alguns poucos dias.

— Não dei permissão para mandarem um empregado novo e estranho a meu quarto. Onde está Kevin?

Disse a ela que Kevin estava ocupado. Falei que era um amigo da família da Sra. Kelly e, portanto, um empregado totalmente legítimo. Falei, no entanto, que havia algo mais acontecendo — algo que por sua vez não era nada legítimo — e que isso poderia interessá-la. Cordelia começou a mastigar a ponta de uma das torradas sem casca e me olhou nos olhos.

— Muito bem, do que se trata? — perguntou ela.

— Uma garota foi trazida às escondidas para cá. Agora ela está dormindo na casa e planejando ficar. Acho que o seu pai não ficaria muito feliz se descobrisse isso.

— Uma garota? — repetiu Cordelia, pensativa, enquanto servia-se de chá, o vapor subindo diante de seu rosto.

— Isso, uma garota.

— Quem foi que a trouxe? — indagou, deixando cair dois cubos de açúcar na xícara e fazendo um pequeno redemoinho de chá com a fina colher de prata.

— Veja, tudo o que posso dizer é que ela está dormindo na antiga ala em que seu irmão morava.

Cordelia parou de mexer o chá, recolocou a colher na bandeja e piscou algumas vezes.

— Você conhecia meu irmão? — perguntou ela, a vozinha arrogante transformando-se por um instante.

— Não, não conhecia. Mas, enfim, é lá que ela está.

— Papai não permite que ninguém entre ali, nem eu. Se ele descobrir que há uma estranha hospedada sem autorização, vai perder as estribeiras.

*Excelente,* pensei.

— Não acha melhor contar a ele, então? — perguntei.

— Acho — respondeu ela, olhando pela janela, mastigando. — Sim, acho que devo contar. Papai e eu devemos jantar esta noite, e usarei essa oportunidade para informá-lo da situação.

— Ótimo.

— Aliás, como é que *você* ficou sabendo da garota?

Respondi que preferiria não entrar em detalhes. Disse apenas que sabia um tanto de coisas que os outros não sabiam, e que aquilo era tudo o que estava preparado para dizer. Também instruí que não contasse ao pai de quem tinha ouvido aquela informação. Vendi a história dizendo que, se não revelasse a fonte, ficaria ela própria com todo o crédito.

Os olhos da menina tremeluziram e se acinzentaram por um segundo, como se estivesse desconfiada e pensasse que eu era alguma espécie de animal traiçoeiro. Se quisermos precisão nos termos, era isso mesmo o que eu era, mas apenas por uma boa causa, ainda que pudesse parecer crueldade naquele momento.

Depois de informar Cordelia a respeito de Maggie, tive que dar conta de todos os serviços de Kevin. E não conseguia parar de torcer para que meu plano de expulsar a menina desse certo.

Achei que tinha resolvido tudo: Corporamore descobriria a presença de Maggie, ficaria possesso e mandaria a garota embora. Ela voltaria para o lugar de onde viera, onde tinha todos aqueles irmãos e irmãs que a amavam muito. Kevin poderia então tratar de viver a vida que deveria viver, não a que pensava que gostaria de ter. Eu, voltaria ao presente. Basicamente isso.

"A melhor maneira de se fazer os deuses rirem é contar-lhes seus planos", era o que vovô costumava dizer. Tenho certeza de que se, por um segundo, tivesse escutado com atenção naquele dia, teria ouvido mil deuses morrendo de tanto rir.

Na metade da manhã eu já estava cem por cento acabado, parcialmente por conta do estresse, mas principalmente por conta do serviço pesado e do trabalho escravo. Voltei para a cozinha, onde topei com Kevin, que estava aparentemente "voltando da terra dos mortos" para fazer um pouco de chá para Maggie e ele. Muito Romeu e Julieta da parte dele. Visualizei os dois em uma cena perturbadora, sentados à beira da cama de Crispim, bebericando de suas pequenas e finíssimas xícaras de porcelana, dizendo ao mesmo tempo "Ah, fantástico".

Perguntou-me como estava me saindo com o serviço, e respondi que bem, mas que, para ser bastante honesto, não tinha muito tempo para ficar de conversa fiada porque ainda tinha uma tonelada de coisas a fazer.

— Você não faz ideia de como tem sido maravilhoso passar esse tempo com ela — disse Kevin.

— Não, com certeza não faço mesmo — respondi.

Em minha cabeça havia apenas o pensamento de que em pouco tempo Cordelia teria informado o pai, eles seriam dedurados e tudo ficaria bem.

A Sra. Kelly fez o jantar para os Corporamore e, com dificuldade, carregou tudo sozinha até a sala de jantar, no andar superior. Informou que, quando foi servir a sobremesa, lorde George já tinha bebido uma garrafa inteira de conhaque. Não se pode prever quando as pessoas farão algo assim. E definitivamente não se pode prever a maneira como vão se comportar depois disso.

Corri até a Ala Crispim. De camisola branca, Maggie dormia feito um anjo, os cabelos pretos despenteados e espalhados sobre o travesseiro. A pele alva em sua bochecha parecia brilhar.

Cheguei pouco antes do homem e me escondi debaixo da cama. E então, quase instantaneamente depois, ouvi as batidas e pancadas dos pés de George Corporamore aproximando-se mais e mais. Ouvi quando ele irrompeu porta adentro, e comecei a me dar conta de que aquilo era tudo responsabilidade minha e que, se qualquer coisa ruim acontecesse à menina, teria sido por minha culpa.

De onde estava escondido, podia ver as botas dele, muito pontudas, junto à soleira. Senti a cama rangendo, o que deveria ser Maggie acordando.

— Quem é você? O que está fazendo nessa cama? NINGUÉM tem PERMISSÃO para entrar aqui. Entendeu? Este é um lugar PROIBIDO. Explique-se imediatamente — exigiu George, e pensei que iria tudo por água abaixo a partir dali.

Mais ruídos abafados. Imaginei os olhos da menina se abrindo e pensei em seu rosto.

— Olá, senhor. Meu nome é Maggie. Maggie McGuire.

Maggie sempre enfeitiçava as pessoas — ao menos era isso que eu achava que acontecia. Em pouco tempo, comecei a ouvir a voz dele se suavizando até soar cem por cento mais gentil. Depois começou a falar como naquela mesma cama tinha dormido alguém de cabelos cacheados, como ela. E, a princípio, não tinha certeza de que som era aquele, mas me dei conta de que era George Corporamore começando a chorar.

— Perdão. — Pude ouvi-lo dizer. — Era meu filho. O filho que um dia tive. Chamava-se Crispim.

E então, bem diante de mim, os joelhos do homem dobraram-se e bateram no chão, o que me pareceu doloroso. Todos esses barulhos de fungadas e soluços se seguiram, e alguns minutos se passaram até que Maggie disse:

— Sinto muito, senhor.

George Corporamore continuou soluçando à beira da cama.

— Calma, calma. Pronto, isso. — Maggie tentava tranquilizá-lo, da mesma forma como alguém faria com um bebê.

Ela obviamente tinha muita prática em consolar pessoas que choravam. Era ótima nisso. Corporamore parou com os soluços e se aquietou. Disse a ela que era errado que aquele quarto tivesse se transformado em um cômodo tão vazio e frio, e que, agora que estava quente outra vez, com vida, o fazia lembrar-se de como tudo costumava ser. Divagou a respeito de como o calor aviva as lembranças, e o frio as mantém mortas.

Fiquei meio que paralisado por um tempo, mas acabei saindo de meu esconderijo, o que foi um passo arriscado. E, antes que conseguisse sair furtivamente, fiquei ali parado um segundo, me sentindo um completo idiota. Não me viram, mas, ainda assim, por alguma razão, eu estava mortificado.

# 13

Kevin ainda estava muito satisfeito por eu estar encarregado do café da manhã de Cordelia durante minha estadia. Eu também. Não queria que ele falasse com a menina e descobrisse que tinha sido eu o miserável delator. Que tinha sido eu que informara a presença de Maggie e que, por minha causa, Cordelia contara ao pai.

Na verdade, o lorde pediu para dar uma palavrinha comigo e com Kevin. Entrei na cozinha quando a Sra. Kelly dizia a meu avô que George Corporamore queria falar conosco a respeito da vinda clandestina de Maggie para Blackbrick.

— Deus seja louvado, Kevin, mas vou lhe fazer a mesma pergunta pela segunda vez em dois dias: por que não veio conversar comigo? Foi bobagem de vocês dois terem feito isso sem ao menos me explicar o que tramavam. Deveria ter vindo direito a mim, já que precisava de ajuda. Não foi sempre assim, Kevin?

— Eu sei, mas não queria deixar ninguém em maus lençóis — explicou ele, deliberadamente esbugalhando os olhos e fazendo ar de inocência.

— Bem — disse a Sra. Kelly. — Tudo o que tenho a dizer é que vocês dois são terríveis. E, quando voltarem da conversa com lorde Corporamore, vão me deixar a par de tudo o que aconteceu e de quem é essa garota. Francamente, Kevin, será que você não confia que posso ajudar? Ainda não conhece o tipo de pessoa que sou? Lorde George está esperando no escritório, então o melhor que têm a fazer é irem até lá com um sorriso no rosto e se explicarem a ele. Comportem-se e se preparem para encenar bastante remorso, estão ouvindo? Ele está irado com vocês dois.

Saímos da cozinha com Kevin resmungando entre dentes.

— Só pode ter sido Cordelia. Maldita. Como foi que aquela pestinha ficou sabendo? Vou matá-la. — Comecei a sentir uma quentura no rosto, típica de quando se está morrendo de vergonha. Comecei a imaginar o que Kevin faria se descobrisse que tinha sido eu o dedo-duro.

Ele disse que havia 64 degraus separando a cozinha do escritório, apesar de, naquele momento, eu não estar no clima para ouvir curiosidades sobre Blackbrick. Estava ocupado demais me sentindo muito pouco à vontade em relação ao que nos esperava ao topo da escada.

— Deixa que eu falo — instruiu Kevin, o que, para mim, não seria problema algum.

Quando chegamos e batemos à porta, uma voz disse:

— Entrem.

Entramos. Foi a primeira vez que pude olhar bem para o rosto de George Corporamore, que estava sentado atrás de uma grande escrivaninha envernizada. No cômodo havia cortinas vermelhas que brilhavam à luz de um fogo crepitante e ardente. Ele segurava um charuto gordo entre os dedos e olhou para nós de cima a baixo. Foi então que comecei a me dar conta do tamanho da encrenca em que poderíamos estar metidos.

Ele era mais ou menos o homem mais pontudo que já conheci. O queixo era pontudo. O nariz era pontudo. As orelhas. As roupas. Os sapatos. Os dedos. Até mesmo os olhos em seu rosto triangular lembravam pequenas agulhas que nos perfuravam e espetavam.

Não parecia o tipo e homem que se ajoelharia e choraria à beira da cama de alguém.

Pediu que me apresentasse. Disse que a Sra. Kelly lhe contara que tinha me contratado temporariamente por conta do ótimo cavalariço que era, o que, para mim, era novidade. Queria que disséssemos se tínhamos sido nós os responsáveis por trazer uma jovem à Abadia e por instalá--la no quarto de seu filho. Um lugar onde ninguém tinha permissão para entrar havia mais de dois anos.

Kevin estava de pé, as pernas afastadas, as mãos enfiadas nos bolsos. Se eu não estivesse próximo como estava dele, provavelmente jamais teria notado a pequena gota de suor escorrendo pela lateral de seu rosto. E quem o visse ali definitivamente não imaginaria que ele sentia uma gota de medo.

Kevin começou a dizer que Maggie era uma ótima funcionária, e garantiu que era muito íntimo da família da moça, pessoas honestas e decentes. Ponderou que não era nem um pouco "apropriado" que fossem garotos os responsáveis por levar o café da manhã até o quarto da Srta. Cordelia e que seria muito útil ter Maggie, que adoraria ficar e trabalhar em troca de acomodação e comida. Disse que a menina tinha o apetite de um passarinho, portanto não daria tanto prejuízo para a casa e seus recursos.

Kevin tinha talento para falar, definitivamente. Era um grande orador, persuasivo, disso não havia dúvida. Naquele momento em especial, concordei que sua habilidade estava sendo mais útil a nós dois do que algumas das questões educacionais que tinha perdido por conta de ter estado tão ocupado aprendendo a cuidar de cavalos.

Corporamore revirava o charuto entre os dedos e ocasionalmente o levava à boca, deixando a ponta escura e encharcada. Escutou, fitando Kevin e, volta e meia, lançando olhares a mim, até que o menino terminou de falar.

O homem falava devagar, como alguém que jamais tivera que se apressar na vida. O som de sua voz gelou meu corpo inteiro.

— Estava pronto para fazer vista grossa para a irregularidade da chegada do menino — disse Corporamore, apontando para mim como se eu fosse um objeto, não uma pessoa. — E, de qualquer forma, pelo que entendo, ele já terá ido embora ao final da semana. Além do mais, a Sra. Kelly se responsabilizou pela vinda dele, o que lhe dá a legitimidade necessária. Mas agora, Kevin, estou começando a desconfiar que você perdeu o juízo. O que fez é errado. Muito errado, de fato. Começo a pensar que você acha que é mais do que é na verdade. Achando que poderia trazer uma menina escondido para dentro da minha casa, da minha propriedade, do meu território, sem o meu conhecimento, e levá-la para morar nos aposentos de meu falecido filho? Considero isso um ato da maior deslealdade e desonestidade, e seria justo puni-lo severamente.

Kevin estava esforçando-se ao máximo para manter a postura e não parecer intimidado. Nenhum de nós fazia ideia do que o lorde diria a seguir, e, depois que disse, ficamos surpresos:

— Mas — continuou o homem —, veja como são as coisas, agora que conheci a clandestina e que sei que tipo de moça é... Bem, a julgar pelo quão bem-apessoada é e sua saúde claramente abundante, certamente podemos garantir-lhe um lugar aqui em Blackbrick. Afinal, a Sra. Kelly anda mesmo precisando de ajuda há algum tempo. Claro que vocês dois são extremamente afortunados por eu ter me decidido por este plano de ação. Permite aos dois se safarem, por assim dizer, mas não fiquem com a impressão errada. O que estou lhes dizendo não é um convite para saírem abrindo as portas de minha casa para cada vagabundo que achem merecedor de abrigo. Maggie McGuire, no entanto, não é vagabunda. É bem-vinda para ficar.

— Fantástico — disse Kevin, soltando o ar pelo que pareceu a primeira vez desde que entramos no cômodo:

— Aham — acrescentei, fazendo esforço para sorrir, muito embora não tivesse vontade alguma.

— Vou falar com a Sra. Kelly para mudá-la dos aposentos de Crispim — começou Kevin, mas lorde Corporamore inclinou-se para a frente, apoiando-se no cotovelo pontudo, e disse:

— Não. Ela pode permanecer ali. Será bom ter alguém para dar vida àquela parte da casa, afinal. Vocês dois podem mostrar a ela como tudo funciona por aqui e ajudá-la a se organizar. Agora podem ir.

Indicou a porta com a mão pontuda, e um anel de ouro em seu dedo mindinho refletiu a luz. Chamas longas e amarelas lambiam o interior da lareira.

Saímos do escritório. Durante todo o trajeto até o andar de baixo, Kevin resmungou coisas como "O que ele estará tramando?" e "Não confio nem um pouco naquele homem".

Mas, naquele momento, achei que Corporamore não era assim tão ruim, afinal, e que tinha sido bastante decente para um homem tão cheio de pontas e de voz tão horrível.

Não sabia qual era o verdadeiro motivo para querer que Maggie ficasse. Não tinha ideia do que o lorde tinha reservado para ela. Apenas acreditei no que vi.

Sob as circunstâncias, poderia ter sido fácil esquecer que tinha que voltar para casa, mas, à medida que a semana passava, eu sabia que precisava voltar para o avô localizado em minha própria zona temporal. Parecia urgente. A Dra. Sally já devia estar apontando seus lápis e preparando a prancheta para a próxima visita. Eu tinha que estar lá para ajudar vovô a revisar a matéria do teste de memória. E agora tinha todos esses detalhes a respeito da vida dele que poderia contar para recordá-lo, para não deixar que ninguém o levasse embora.

Em pouco tempo, uma noite em Blackbrick era tudo o que me restava. Foi a mesma noite em que descobri o que George Corporamore realmente queria com Maggie, por que decidira deixá-la ficar e como, na primeira vez em que a viu na Ala Crispim, interpretara sua decência de maneira errada. E só descobri isso tudo porque tinha deixado um balde e um pano perto do escritório. Kevin precisaria deles pela manhã, de modo que, tarde da noite, depois de ter guardado meus pertences dentro da mala de Ted e me certificado, pela milionésima, vez de que a chave para os Portões Sul estava em meu bolso, voltei para pegar o material. Já estava descendo as escadas e prestes a entrar no corredor principal quando vi Corporamore e Maggie parados, muito próximos, perto da porta da frente.

Eu me detive a tempo e me escondi nas sombras da entrada. Sabia que não podiam me ver, mas eu podia vê-los. Estava bem ali, observando os dois fixamente.

Depois, aconteceu algo sobre o qual não gosto sequer de pensar, embora volta e meia acabe pensando.

A mão de dedos pontudos de Corporamore afundada na perna de Maggie. Estava escuro, mas dava para vê-lo passando a mão de cima a baixo, apertando-a, depois deslizando os dedos mais para cima, tocando-a e esfregando-a sem parar. Maggie usava um par de meias de aparência estranha, que alcançava apenas o topo das coxas, com presilhas cingidas a ligas que mantinham o tecido preso e esticado. Corporamore brincou com uma das presilhas, até que ela se abriu e caiu. O homem então levou a mão até o topo da coxa de Maggie.

Eu estava bem ali, olhando enquanto o homem a apalpava e tocava e apertava daquele jeito. Ela não se movia. Estava parada, permitindo que o sujeito fizesse aquilo com ela. Não emitia um pio.

Ele segurava um charuto com a outra mão, e, ao lado, havia um copo de conhaque sobre uma bandeja de prata. O ar era denso e pesado, e achei, por um instante horrível, que iria tossir. Continuei assistindo aos dois. Continuei desejando poder desviar os olhos. Mas não podia.

Então, um pouco depois, Corporamore largou o charuto na bandeja, pegou o copo e afastou-se dela. Maggie colocou alguns fios de cabelo atrás da orelha, ajeitou o avental, empertigou-se toda e seguiu na direção oposta; os saltos das botas batendo no piso de madeira, e as pernas parecendo ligeiramente trêmulas. Talvez eu tenha visto errado, mas, no instante seguinte, pareceu pisar em falso e seus joelhos se dobraram, como se estivesse prestes a cair.

Sei que algumas pessoas poderiam dizer que aquela situação era exatamente do que eu precisava, e que deveria ficar alegre. Se Corporamore estava fazendo aquilo, então o cenário de romance entre Maggie e Kevin tinha obviamente ido por água abaixo. Mas, na verdade, aquilo era terrível. O homem era uma múmia e cheio de pontas, e eu sabia que era impossível Maggie gostar dele, ao menos não *daquela* forma.

Não queria que ninguém fizesse o que o vi fazer com ela.

Há muitas coisas que desejei ter feito aquela noite. Não há nada que possa fazer a respeito agora, no entanto. Queria ter corrido atrás de Corporamore e queria tê-lo empurrado para fazer seu copo cair da mão e estilhaçar-se no chão. Teria ficado satisfeitíssimo em derramar bebida sobre ele. Queria tê-lo deixado tão chocado e estupefato a ponto de derrubar seu grande charuto gordo. Gosto de imaginá-lo caindo daquelas mãos pontudas, esticadas, perplexas e rosadas, queimando a calça do homem, abrindo-lhe um buraco.

Queria ter agarrado George Corporamore e o empurrado contra a parede e dito "Fique longe dela. Nunca mais encoste esses seus dedos nojentos e pervertidos nela ou mato você com as minhas próprias mãos. Juro por Deus que mato".

Há momentos em que acredito que realmente fiz e falei tudo isso. Chego até a ver as manchas molhadas nas roupas dele e a expressão de surpresa em seu rosto, e consigo me ver, forte e raivoso, enquanto Corporamore bufa e se debate, e posso me visualizar forçando-o contra a parede.

Por algum motivo, outra coisa que queria ter feito é tomar Maggie pela mão. Correr com ela até os estábulos, montar nos cavalos e galopar para fora dos portões de Blackbrick, para bem longe. Longe daquele lugar onde alguém achava que não tinha problema fazer aquele tipo de perversidade, e onde Maggie achava ser preciso permitir.

Posso nos ver juntos, cavalgando muito depressa. Rindo. É um pouco esquisito como sou capaz de visualizar tudo com clareza dentro da cabeça, embora nada disso tenha acontecido.

Não entendia por que queria protegê-la e salvá-la. Não era racional, mas era muito poderoso e muito profundo. Uma sensação que nunca passa.

Não conseguia deixar de pensar em como aquela situação toda era muito desgraçada. E que era minha culpa. E, assim, fiquei grato por ter chegado a hora de partir.

Permaneci encoberto pelas sombras, encarando o lugar onde vira Corporamore e Maggie, por muito tempo depois de os dois terem ido embora e o local ter ficado vazio. Restava apenas um fio de fumaça de charuto, serpenteando pelo corredor, envenenando o ar.

# 14

Devia ter esquecido o assunto. Mas acho que existem certas coisas que precisamos dizer às pessoas, ainda que tais coisas pareçam não ser da nossa conta.

Bati à porta do quarto de Crispim. Maggie atendeu com olhos sonolentos, e pedi desculpas por possivelmente tê-la acordado. A menina ergueu a vela, e seu belo rosto parecia um pouco assustado. Disse que tinha sido um grande prazer conhecê-la e que era uma pena ter que me despedir.

— Por quê? Aonde vai? — perguntou ela, como se eu não tivesse mais nada a fazer senão ficar em Blackbrick, vendo o que não gostaria de ver.

Expliquei que precisava ir embora. Ela parecia tão calma e normal que era difícil acreditar que tinha vivido aquilo apenas poucas horas antes, naquela mesma madrugada.

— Escuta, Maggie, queria perguntar algo antes de ir.

— O quê?

— Que diabo de história é essa?

— Como assim?

— Como assim que pensei que você tinha dito que ficar com Kevin era o seu destino, mas você mal chegou aqui e já foi deixando o lorde Babão dar uma de pervertido para cima de você.

A expressão dela se fechou. Maggie voltou para a cama e se sentou, os olhos fixos em meu rosto, mas não de uma forma boa.

— Por Deus, Cosmo, o que foi que você viu? Do que está falando? Por que está me contando isso?

Quando as pessoas começam a fazer um monte de perguntas assim ao mesmo tempo, geralmente significa que se sentem culpadas.

— Olha, me desculpe, não quero sair me metendo na sua vida e nos seus assuntos nem nada.

— Bem, que ótimo, porque *nada* disso é da sua conta, como você bem disse, e ficaria muito feliz se tirasse essas coisas que mencionou da cabeça. Por favor, Cosmo. Você precisa esquecer isso.

Sabia que jamais esqueceria, no entanto.

Ficamos um tempo nos entreolhando. Maggie era pálida e linda, e eu queria tocar em seu rosto. Não queria apertar, ou apalpar nem nada assim. Não sou um pervertido nojento. Queria apenas colocar a mão em sua face e talvez colocar alguns fios, cacheados e revoltos, para trás de sua orelha. Não o fiz. Posso ser meio que um covarde quando se trata de coisas assim.

— Olha, Maggie, você tem que fazer o que acha que é melhor, mas não tem que fazer nada que não queira. Não deixe ninguém pensar que fará, ok? Kevin não é o seu destino, Maggie, não é para vocês ficarem juntos. Não me pergunte como sei disso, só sei que é assim. Mas aquele sujeito, o Corporamore, não é possível que seja seu destino também.

— Não precisa se preocupar comigo — disse Maggie. — Sei o que estou fazendo. Estou completamente no controle de mim mesma.

— Bem, que ótimo. Nunca se esqueça disso.

Não foi a forma ideal de dizer adeus, mas era o melhor que podia fazer na época.

Depois, fui falar com a Sra. Kelly na cozinha. Ela estava fazendo chá. Eu disse que queria lhe agradecer e que aquela tinha sido uma ótima semana.

— Ah, sim, foi mesmo — concordou ela. — E tenho que confessar que a sua aparência já está muito melhor do que a do projeto de menino que conheci faz alguns dias.

Kevin me disse que não sabia como agradecer.

— Você fez tanta coisa, Cosmo, e em tão pouco tempo. E ter Maggie aqui, onde está segura e onde podemos ficar juntos, jamais teria conseguido isso se não fosse por você. Sou muito grato.

Não conseguia encará-lo nos olhos.

Kevin não era mais apenas meu avô. Era um amigo. Já sabia disso na época. Ainda sei. Sempre saberei.

Não lhe contei a respeito do que vira Corporamore fazendo, e também não revelei que vinha tentando secretamente convencer Maggie a não se apaixonar por qualquer um. Não o culpo por querer se casar com ela. Tenho certeza de que, naquele tempo, qualquer um que a conhecesse desejaria o mesmo.

— Sem problemas, Kevin, foi um prazer. — Foi o que respondi, simplesmente.

Já tinha ficado tempo demais em Blackbrick. O velho Kevin precisava de mim. Teria que deixar o jovem Kevin por conta própria.

Ele perguntou se eu gostaria que descesse comigo pela manhã a fim de nos despedirmos, e falei que seria ótimo. Pedi que me encontrasse nos estábulos. Falei que tinha algumas poucas instruções importantes para ele. Coisas que precisava saber para referência futura. Ele me lançou um olhar que eu já sabia que queria dizer "por favor, pare de ser tão esquisito". Prometeu que nos veríamos pela manhã. Disse que ficaria triste em dar adeus, e respondi que eu também.

Fui para minha pequena cama dura pela última vez, e uma forte chuva de inverno açoitava como um chicote as janelas, sacudindo tudo no cômodo. Desejei poder ter mais tempo. Desejei ter conseguido o que fora buscar.

Qualquer um que tenha a chance de viajar ao passado deveria ser capaz de fazer algo útil para tornar o futuro melhor, mas tudo o que consegui foi passar a impressão de ser um lunático. Tentei me reconfortar pensando no caderno e em como ele estava repleto de informações valiosas, informações que possivelmente ajudariam vovô quando eu voltasse. Mas, na maior parte do tempo, fiquei apenas deitado, observando o teto desnivelado. A janelinha do quarto estremeceu, e o vento gritou e sussurrou sob a fresta entre chão e porta.

# 15

Havia tantas coisas mais que desejava ter feito. Coisas grandes, como ter matado George Corporamore. Coisas pequenas, como me despedir direito de Maggie. Quando se está sob pressão, no entanto, e quando se tem coisas importantes na cabeça a respeito de pessoas que precisam de você, homicídio e despedidas adequadas nem sempre são tarefas simples. E, de qualquer forma, acho que havia uma parte de mim que não queria dizer adeus.

Acordei muito cedo, antes de todos os outros, o que foi um grande feito para mim. Vesti minhas roupas e fiz a cama muito cuidadosamente. Embolei meus poucos pertences dentro da mala de tio Ted e olhei ao redor do quarto uma vez mais, antes de seguir para a porta.

Os ruídos que fazemos parecem incrivelmente altos quando é muito cedo e ninguém mais acordou. Meus passos ecoavam no piso de laje. Tudo na bolsa balançava e batia de forma barulhenta enquanto me dirigia aos estábulos.

Não havia ninguém quando cheguei, à exceção, claro, de Somerville e Ross. Assim que me viram, pensaram que sairiam para se exercitar; ficaram tão animados que tive vontade de chorar.

— Olha só, gente — falei. — Kevin vai sair com vocês mais tarde, agora tenho que ir.

Não sabia se entendiam, mas acariciaram meu rosto com os focinhos macios, e achei que não seria capaz de suportar. Tenho que ir. Repeti algumas vezes, mergulhando a mão no bolso e tirando a chave. Podia ouvir passos, mais altos e pesados do que os de Kevin sempre haviam sido.

— Que bom que chegou, já está ficando tarde — falei. Pressionei o rosto contra o pescoço lustroso de Ross, subitamente desejando ficar um pouco mais. — Fico pronto em um minuto. A gente pode ir direto para os portões.

Demorei um segundo ou dois para perceber que não era Kevin. Meu cérebro fez piruetas enquanto lembrava o que o menino comentara a respeito de lorde Corporamore vagar pelos estábulos na escuridão antes do alvorecer, inquieto e furioso. E era *mesmo* o homem, bem ali, pontudo e rosado, marchando em minha direção. Apertei a chave.

— Que portões? — indagou ele, sibilante.

— Os Portões Sul — respondi, sentindo-me surpreso e encurralado demais para dizer qualquer outra coisa senão a verdade.

— Você deve saber que é expressamente proibido para todos, e, quando digo todos, quero dizer todos, entrar ou sair pelos Portões Sul.

— É, eu sei, mas...

— E você tem a audácia de me dizer que pretende desafiar minhas normas?

— Você não entende — falei em desespero, e ele concordou. Esfreguei a chave com o dedo, como se fosse algum objeto mágico que pudesse me resgatar daquela situação desconfortável. Mas isso só piorou as coisas, porque repentinamente ele cravou os olhos nela, e suas narinas se arreganharam com fúria renovada.

— Entregue. Essa. Chave. Ela não é sua. Diga onde a encontrou.

Sabia que, independentemente do que dissesse, ele não acreditaria em mim.

Não podemos enxergar o poder, tampouco tocá-lo, mas ele está em todo lugar. E a pessoa que o detém geralmente é a mesma que pensa que é um direito seu decidir o que virá em seguida. As mãos grosseiras do homem me seguraram pelos ombros, e ele me forçou contra a parede dos estábulos, gritando em meu rosto. Gotas de saliva caíram em minhas pálpebras e testa, o que foi bem nojento. Fechei a mão ao redor da chave e a segurei no ar tão alto quanto podia. George fez diversas tentativas de alcançá-la, tentando tirá-la à força de mim. Podia ouvir os cavalos ensandecidos, ficando nervosos e resfolegando, e sabia pelos barulhos que faziam que estavam do meu lado.

— Escuta aqui — grunhiu o homem, como se houvesse outra opção disponível. — Sujeitinho traiçoeiro!

Se a situação não fosse tão tensa, poderia ter começado a gargalhar.

— Me solta — falei.

— Não tenho intenção alguma de soltá-lo até que me devolva o que me pertence.

Eu estava preso contra a parede, com o nariz do homem a aproximadamente um milímetro de distância do meu rosto.

— Ok — concordei. — Me solte que devolvo para você. Já tinha mesmo que ter entregado há séculos, porque, bem, a chave é sua.

Afrouxou o aperto até que me soltou por completo. Sabia que precisaria ficar bem atento. Eu estava tremendo, e meu coração retumbava como um milhão de tambores, litros de sangue em disparada dentro da minha cabeça. Mas, o tempo inteiro, fiz o melhor que pude a fim de transparecer calma. Estendi a chave para ele, que ficou todo confiante e cheio de si.

O sol começava a nascer, e sob sua luz, a chave brilhou de leve, refletindo seus raios. George sorriu por um segundo enquanto esticava a mão para pegá-la de mim. Mal tive tempo de ver o sorriso desaparecer daquele rosto pontiagudo, pois, no exato instante, me abaixei. Fechei o punho com força e deslizei para longe dele, disparando pelo arco como uma raposa, essa sim traiçoeira.

Corri tal qual um raio para longe da casa em direção aos pinheiros escuros. Tropecei pelo cascalho, caindo de joelhos algumas vezes, mas sempre me levantando e seguindo adiante. As batidas de passos atrás de mim estavam muito próximas, e alguém gritava:

— Pare, Cosmo, pare! — Era Kevin, e por isso parei.

— Onde é que você estava, Kev? — perguntei, arfando.

— Era para ter me encontrado no estábulo. Por que não apareceu? — Uma rajada inesperada de vento atingiu meu rosto como um tapa. Podia distinguir a sombra de Corporamore nos alcançando, e não havia mais tempo. Levantei e voltei a correr. Corri para me salvar.

Correr não é apenas um sinal de medo, mas de esperança também, um sentimento nos mantém seguindo em frente. Eu corria por meu avô, por sua dignidade e pelas escolhas que ainda achava que tinha. E, por alguns segundos, acreditei que conseguiria.

Em seguida, no entanto, os braços de Kevin abraçaram meus joelhos. Ele me jogou no chão e perdi toda a força.

— Me solta! Mas o quê...?

— Cosmo, desista. Não pode continuar fugindo. Você precisa entregar a chave. Não sabe como George Corporamore é. Ele vai persegui-lo pela eternidade. — Continuou insistindo que era para meu próprio bem e que estava me salvando de mim mesmo.

Corporamore já estava atrás de nós, as mãos nos quadris, a boca apenas uma pequena linha branca furiosa.

— Sinceramente, confie em mim, Cosmo — sussurrou o menino. — Vai ser melhor se entregar isso a ele agora. Vai poupá-lo de uma briga e tanto.

Fiquei estirado no cascalho frio, e George marchou até mim.

— Obrigado, Kevin, meu rapaz. Que bom que teve o juízo de parar esse sujeito.

Corporamore abriu meus dedos à força com suas mãos pontiagudas e extraiu a chave, como alguém faria com um prego retorcido na ferradura de um cavalo.

— Eu fico com isso, seu desprezível — grunhiu o lorde.

Meu respeito próprio já evaporara, de modo que comecei a suplicar:

— Por favor, lorde Corporamore. Por favor. Tem que me deixar ficar com ela.

— Pode tirar o cavalinho da chuva — respondeu ele, citando uma das expressões que se usava na época. Sorriu, jogou a chave no ar e a pegou. E continuei tentando fazê-lo mudar de ideia.

— Tenho que ver o meu avô de novo. Preciso dessa chave. É o único jeito que conheço de voltar. Me desculpe. Por favor. Por favor... Devolva a chave.

Estava bastante envergonhado pela forma como estava agindo, mas não sabia o que mais poderia fazer. Constrangia-me que Kevin assistisse enquanto eu perdia toda a dignidade.

Corporamore olhou para Kevin e apontou para mim.

— Se houver algum novo incidente envolvendo esse rapazote, que Deus o ajude, pois vou... Vou... — O lorde começou a andar de volta para a casa, então não pudemos ouvir que atrocidade faria se Deus não me ajudasse e eu voltasse a quebrar suas preciosas regras.

Não sei quanto tempo se passou depois disso, mas de repente a Sra. Kelly estava lá, correndo para a cena de meu colapso patético e dizendo:

— Ah, pela graça de Jesus!

Disse que lorde Corporamore estivera na cozinha, reclamando a plenos pulmões e me chamando de lixo desprezível, falando sobre como eu tivera o atrevimento de me esgueirar pelos cantos com chaves que não me pertenciam, e de fazer o que era proibido. Mas ela não estava zangada comigo. De alguma forma, podia ouvir em seu tom de voz que também estava do meu lado, o que me pareceu um pequeno prêmio de consolação para a saída estratégica que dera tão errado.

— O menino está totalmente sem rumo — disse ela para Kevin, como se eu não estivesse lá. — Precisa de solidariedade e suporte. Um sujeito na condição dele não pode ser caçado feito um animal só porque tinha uma bendita de uma chave.

Kevin me puxou para ficar de pé.

— Nunca mais vou conseguir voltar. Nunca mais — falei entre dentes. — Ele precisa de mim, e não sei se vou vê-lo de novo.

— Calma, calma — disse a Sra. Kelly. — Tente não pensar em coisas ruins. — Ela me deu batidinhas leves nas costas das mãos, e, embora achasse o gesto bastante inútil, ainda assim me senti um pouco melhor.

— Não tem como voltar atrás, Cosmo. Sei que é difícil, mas é assim que são as coisas — disse Kevin.

— Sabe, Cosmo, quando você conseguir se acalmar e pensar um pouco melhor, verá que não faz muita diferença — disse a Sra. Kelly. — Enfim. Coloquei a chaleira no fogo há pouco, e tem pãezinhos saindo do forno. Adoraria que me fizessem companhia no café da manhã.

A ideia de comer pãezinhos recém-saídos do forno me agradava. E todos achávamos que uma xícara de chá seria bem-vinda.

Voltei às baias dos cavalos mais tarde, e acho que ficaram muito alegres ao ver que eu não tinha partido. Tentei cantar a música que mamãe costumava cantarolar para mim, a mesma que sussurrava para John, mas minha voz insistia em falhar, então desisti. Disse-lhes que nada na vida prestava, que estava preso, mas era óbvio que não podiam me ajudar. Eram cavalos, sabe.

Tenho certeza de que algumas pessoas diriam que devia ter lutado mais. Talvez devesse ter sido um pouco mais esperto, mais valente. Talvez devesse ter raiva de Kevin por ter me parado, mas é difícil ficar furioso com alguém que acha que está dando seu melhor por você, ainda que tenha cometido um enorme equívoco. Talvez eu devesse ter desafiado lorde Corporamore. Às vezes, acho que deveria ter deixado tudo mais claro para todos a minha volta. Mas, se a pessoa não estava presente na hora, fica difícil explicar.

Pensei no conselho de Kevin e da Sra. Kelly, de deixar os pensamentos ruins de lado e seguir em frente; parecia uma teoria bastante popular naquela época. E, para falar a verdade, de vez em quando é um bom conselho a seguir.

# 16

Foi mais ou menos assim que acabei ficando em Blackbrick. Pode ser um tanto difícil de acreditar, mas acabei esquecendo o presente, o que foi totalmente desleal da minha parte, mas, de certo modo, sendo totalmente honesto, também foi ótimo.

As árvores no caminho para a entrada da propriedade continuaram tão verdes e negras e enormes como sempre, mas as que cresciam perto do curral transformaram-se em galhos nus quando o inverno se esgueirou sobre a Abadia de Blackbrick, deixando tudo mais frio que pedra.

A Sra. Kelly sempre tinha pronta uma lista monumental de afazeres para nós, a maioria envolvendo limpar e polir. Era o tipo de serviço que levava séculos, por conta de todos os cômodos gigantes, com milhões de cadeiras e mesas, armários e ornamentos, castiçais e molduras e coisas assim, todos eles alvos do ataque da sujeira que era nossa responsabilidade erradicar.

Aprendi que ter muitas tarefas a cumprir é bom porque mantém a mente focada e facilita para caramba na hora de dormir. Mas, por mais ocupados que estivéssemos com a limpeza pela manhã, e com a cozinha e os preparativos do jantar à noite, era à tarde que sempre acontecia algo fantástico em Blackbrick: essa deliciosa espécie de silêncio que se instalava, fazendo o lugar inteiro parecer inflar com uma estranha sensação de liberdade e de possibilidade. Quando as badaladas das três da tarde soavam no corredor, a Sra. Kelly ia para o quarto com um bule de chá fumegante e ninguém a via até a hora em que irrompia na cozinha, muito mais tarde, para preparar o jantar.

As coisas de que mais me lembro são dessas tardes e de como nos pertenciam. Nós três nos acostumamos a cavalgar pelos recantos de Blackbrick. Somerville e Ross ficaram mais ágeis, mais em forma; eram animais orgulhosos e fortes, excelentes companhias.

Às vezes, consigo sentir o cheiro do vento de Blackbrick em meu rosto e ouvir a risada de Kevin e visualizar as bochechas muito pálidas de Maggie ficando vermelhas por causa do vento frio. Nunca nos importávamos com a chuva, mesmo que Maggie ficasse com o cabelo grudado no rosto e que nossos narizes ficassem dormentes, e que, ao terminarmos, tivéssemos que secar os cavalos com trapos, depois correr de volta para dentro, tremendo e pingando e amaldiçoando o frio. Havia dias ofuscantemente claros também, quando o sol parecia uma piscina gigante de alegria, exibindo-se no céu frio, nítido e perfeito. Maggie e Kevin eram destemidos e jovens. Quem os visse, jamais os imaginaria em momentos de fragilidade, ou medo, ou velhice, ou esquecimento, ou qualquer coisa do gênero.

Desenvolvemos essa maneira especial de fazer os cavalos correrem muito depressa ao sussurrar ao pé de suas orelhas. Nessa velocidade, às vezes pensávamos que voaríamos de seus lombos e possivelmente morreríamos. Só que isso nunca acontecia e aos poucos fomos entendendo que jamais cairíamos.

Depois de um tempo, ficar com Kevin e Maggie tornou-se uma coisa comum, parte da rotina.

Maggie adorava ir até os Portões Sul para observar o antigo Chalé, e perguntava com frequência se nos importaríamos de ir todos juntos dar uma olhada. Eu sempre lembrava a ela que isso era proibido, e argumentava que, de toda forma, não havia muito a ser visto. Além do mais, era um tormento para mim me aproximar dos Portões Sul — não gostava de pensar nas pessoas do outro lado e em como as tinha abandonado. Também não estava muito a fim de ser pego por George Corporamore outra vez, de modo que tentava permanecer longe sempre que possível.

O Chalé do Portão não passava de uma casinha empenada, em ruínas, na verdade, mas Maggie sempre dizia adorar a ideia de reformá-lo e viver ali. Dizia que uma casinha como aquela, com uma lareira convidativa e boa companhia, era tudo de que uma pessoa podia precisar na vida. Retruquei que deveria começar a aspirar a coisas um pouco maiores.

Aprendemos a preparar jantares. Diante disso, a Sra. Kelly suspirava e dizia: "Está lembrado, Kevin? Dos pratos deliciosos que Bernie Doyle fazia?". Bernie Doyle era a antiga cozinheira e, aparentemente, ninguém foi capaz de chegar a seus pés e alcançar o status de lenda, não importa o quanto tentassem.

Maggie ficou responsável por Cordelia e levava seu café da manhã todos os dias. Não parecia se importar muito.

Treinamos os cavalos a ponto de estarem preparados para vencer competições. Sempre que tínhamos algum tempo livre, saíamos para cavalgar nos limites da propriedade, aonde ninguém mais ia, e gritávamos uns para os outros. Inventamos um jogo excelente em que um participante montado atirava uma batata para o alto e a pessoa no outro cavalo tinha que pegá-la a tempo. Se conseguisse, era sua vez de atirar. Pode parecer um pouco idiota, mas juro que era a melhor brincadeira do mundo. Fico surpreso por não ser um esporte de verdade.

Outra coisa de que não me esquecerei é como é irritante tentar ensinar as pessoas a ler e escrever. Era bem difícil correr atrás do que um antigo sistema educacional pobre deixou a desejar. Para começo de conversa, enquanto eu ensinava, Maggie e Kevin não paravam de conversar e rir quando deveriam estar concentrados. Comecei com palavras muito fáceis e passei para algumas frases simples, como "Marcelo tem um castelo".

— Gente, concentração — eu pedia mil vezes. — Estou tentando melhorar a escrita e a leitura de vocês, então poderiam ao menos *fingir* que estão se esforçando.

Em seguida, ficavam quietos por um curto período e terminavam os exercícios. Levou um bom tempo, mas a escrita de ambos acabou melhorando e a pronúncia progrediu muito. Costumava fazê-los traçar linhas pelos papéis timbrados de Corporamore (o único papel que tínhamos a mão, salvo por meu caderno, que, àquela altura, já estava cheic).

Não importava quanto progresso fazíamos, Maggie sempre dizia que tínhamos que sair da Ala Crispim até as sete da noite "para o lorde Corporamore não encontrá-los aqui". Kevin nunca perguntou que diabos o proprietário da casa estaria fazendo por lá à noite, tampouco eu, embora fosse uma pergunta um tanto óbvia. Houve vezes em que estive literalmente morrendo de vontade de perguntar, mas nunca disse uma palavra sobre o assunto. Na noite em que tentara escapar de Blackbrick, Maggie havia me implorado para tirar certas coisas da cabeça, e eu estava fazendo o máximo que podia para conseguir.

Falando em fazer meu máximo, também fiz o que podia a fim de convencer Kevin a adotar bons hábitos para a saúde do cérebro a longo prazo. O problema é que alimento algum em Blackbrick era fonte de ômega-3, exceto a cavala que todos tinham que comer às sextas-feiras. Anotei a receita do patê de salmão defumado para o caso de um dia conseguirmos encontrar o peixe, o que, francamente, era bastante improvável. Ainda assim, quando se tem conhecimentos — como eu tinha —, é um dever compartilhá-los com aqueles que possam se beneficiar. Portanto, depois de escrevê-la, prendi o papel na parede da cozinha. E, embora tenha levado séculos, também escrevi muitos dos meus próprios Sudokus cujas regras ensinei a Maggie e Kevin. Os dois aprenderam rápido e ficaram tão bons que logo entediaram-se, mesmo quando eu aumentava a dificuldade. Não viam sentido naquilo. Tentei adotar uma disposição positiva e fiz o que podia para convencê-los a fazer o mesmo.

Todos dizem que não se pode viver no passado, mas aprendi a me virar bastante bem nele. É engraçado como o tempo funciona. Algumas vezes, parece que se estende pela eternidade, e, outras, que se dobra e fecha, e você sequer sabe dizer como pulou de uma estação para a outra. Além do mais, não era realmente minha culpa. Eu era prisioneiro em Blackbrick.

Depois do dia em que levou a chave, George Corporamore não voltou a dirigir-se a mim, o que não era um problema, já que nunca tive vontade de bater papo com aquele nojento. Certo dia, ele desceu até a cozinha e nos disse que um de nós teria de ensinar Cordelia a montar.

Na maioria das vezes em que o lorde vinha em minha direção, tudo o que eu fazia era tentar não olhá-lo diretamente nos olhos.

No inverno, Blackbrick fica tão fria que é preciso permanecer vestido sob as cobertas da cama. Quando a gente consegue reunir coragem para sair dela, é preciso pular pelo cômodo um tempão até começarmos a se esquentar.

Nunca mais voltei a testemunhar outro incidente de apalpação entre Corporamore e Maggie, o que foi um alívio para mim, considerando-se como aquele episódio tinha sido perturbador. Mas houve alguns momentos em que o surpreendi observando Maggie a distância enquanto ela limpava as janelas ou carregava a bandeja pelo corredor até o quarto de Cordelia. E havia ainda outras coisas a respeito de Maggie que estavam me preocupando.

A preocupação começou quando ela ficou muito doente. Kevin me disse que Maggie vinha vomitando todos os dias. Disse também que isso não o surpreendia, especialmente levando-se em conta que a comida em Blackbrick já não era a mesma de antes. Depois do Natal, a menina parou de se sentir mal e começou a ficar fantasticamente faminta. Mais do que eu e Kevin juntos, o que é uma afirmação ousada.

O Natal em Blackbrick não era lá muito diferente de qualquer outra época do ano, ao menos para nós. Exceto pela vez em que a Sra. Kelly entrou furtivamente em meu quarto e deixou duas laranjas na cama com uma barrinha anã de chocolate. Vi quando ela o fez, mas continuei fingindo dormir. Kevin irrompeu pela porta segundos depois, exclamando que tinha sido muito gentil da parte dela "não é mesmo?", que éramos dois sortudos por termos recebido presentes assim na manhã de Natal. E respondi que sim, que devíamos mesmo ter nascido com o bumbum virado para a lua.

Com o passar do tempo, Maggie ficava cada vez mais pálida e cansada e tristonha. Ela nunca reclamava, então não era como se estivessem chamando minha atenção para o fato, mas sou bom observador e noto certas coisas que ninguém mais parece ver.

Na primavera de Blackbrick, a luz do sol é como grandes barras sólidas atingindo nosso rosto de cima, obrigando-nos a espremer os olhos com força considerável. E os pássaros começam a piar e chilrear ao lado das janelas, parecendo satisfeitíssimos com o próprio canto.

No verão de Blackbrick, tudo cresce de forma selvagem, e as sólidas barras de luz do sol brilham dentro dos quartos. Com isso é possível enxergar milhões de partículas reluzentes de poeira que flutuam pelo ar, como galáxias em miniatura. E mesmo quando era verão *de fato*, o porão onde eu costumava dormir nunca ficava quente, as paredes de pedra eram sempre úmidas e frias. Não havia por que reclamar, pois reclamações não levavam a lugar algum em Blackbrick, não importava se sua queixa era razoável ou não. A menos que você fosse Cordelia. Ninguém queria ser como ela.

Ao longo dos meses, os cabelos de Kevin cresceram e ele emagreceu bastante, ficando com uma aparência bem mais adulta. Na época isso foi engraçado, considerando-se como Kevin achava que Maggie tinha engordado. Não estava querendo ser grosseiro nem nada, mas era mesmo verdade.

Acho que eu sempre soube qual era a situação, mas Maggie não conversava conosco a respeito, nós não conversávamos com ela, e, quanto mais se instala o silêncio acerca de algo, mais fácil fica para todos afastá-lo dos pensamentos. Chama-se negação, algo sobre o qual ninguém em Blackbrick jamais ouvira falar, mas é basicamente a única maneira de explicar como ignoramos o estado de Maggie.

E eu tinha sido promovido. Em vez de um faz-tudo temporário, a Sra. Kelly já me chamava de cavalariço-assistente. Estava orgulhoso, pois tinha merecido aquilo ao investir tempo no trabalho.

Kevin e Maggie não aprenderam apenas a ler e escrever. Tornaram-se literalmente dois sabe-tudo, o que era um pouco irritante, uma vez que tinha sido eu quem ensinara o básico a eles.

Diria que, àquela altura, se tivessem estado em minha turma, já teriam ultrapassado todos os alunos em matéria de leitura. Quando a quietude do meio de tarde recaía sobre Blackbrick, era comum encontrá-los na cozinha, debruçados sobre um livro, ou às vezes no cômodo ao lado do quarto de Crispim. Teriam acendido a lareira, e Kevin estaria deitado de barriga para cima em um dos velhos sofás, balançando as pernas; Maggie estaria estirada no chão, mãos atrás da cabeça. Kevin lia em voz alta uma grande quantidade de livros complicados, clássicos e mortalmente longos. Sempre que o via fazendo aquilo na companhia dela, sentia uma ponta de inveja e ciúmes.

Não sentimos a falta das pessoas com a mesma intensidade o tempo inteiro. Podemos passar dias, até semanas, sem pensar nelas, até que de repente, algo nos faz lembrar e é como se tivéssemos levado um tiro de tristeza no meio do rosto.

Embora tenha tentado esquecer, houve momentos em Blackbrick em que pensei na minha mãe. Quando partiu, não achei que pudesse se afastar mais do que já tinha se afastado. Agora era como se estivesse em outro planeta. Sentia saudades do meu velho avô também, mesmo me questionando como era possível, uma vez que estava vivendo no meio de sua adolescência. Tinha mais ou menos certeza de que ele também estaria sentindo minha falta, não importa o que dissessem a respeito de seu cérebro degringolado.

Algumas vezes, quando pensamentos daquele tipo me ocorriam e não havia ninguém por perto, eu colocava abaixo o escritório de Corporamore na tentativa de encontrar a chave para os Portões Sul. Procurei nas gavetas da cozinha e nos antigos armários de copos e dentro das caixas fechadas que ficavam nas prateleiras da despensa. Uma noite, tive o que pensei ser uma ideia impressionantemente simples — achei que a solução tinha estado todo aquele tempo bem debaixo de meu nariz, o que me fez perceber que, talvez, eu sequer precisasse daquela chave estúpida. Levei uma escada esquálida e retorcida que ficava nos estábulos até os Portões Sul, subi e atravessei a suposta barreira temporal, bastante satisfeito comigo mesmo. Ao chegar do outro lado, me dei conta de que não havia futuro algum, apenas o mesmo passado velho, e tive que voltar me sentindo um completo idiota.

E também houve outros momentos em que sequer me esforçava tanto. No fim, parei totalmente de tentar, e, como expliquei, as coisas tornaram-se normais e rotineiras. Tudo se torna comum no fim das contas, até mesmo viver em uma zona temporal diferente.

As pessoas acreditam que o passado permanece sempre igual, mas não é verdade. Ele muda exatamente da mesma maneira que o presente, e as pessoas dentro dele mudam também.

Dentre nós, quem mais sofreu mudanças foi Maggie McGuire — embora jamais reclamasse de nada, como já comentei, o que tornava muito mais fácil para o resto de nós continuar fingindo que ela estava bem.

Havia uma pessoa que reclamava, sim, que insistia em reclamar e parecia que jamais pararia de fazê-lo — essa pessoa era Cordelia. Ao longo dos meses, pareceu descobrir novos oceanos de exigências e antipatia nunca dantes navegados, mas tínhamos que suportá-la, sempre de boca calada.

Queria dizer a ela o quanto era mimada e cruel, mas é engraçado como existem certas coisas que são difíceis de dizer. Cordelia continuava podendo fazer o que quisesse, e continuávamos tendo que aceitar. Tinha algo a ver com o que Kevin e Maggie chamavam de hierarquia da "ordem de bicada". Não estou dizendo que gostava disso, estou apenas explicando como funcionava.

Acho que era quase verão quando Maggie ficou obcecada por maçãs. Era a única coisa que queria comer, e não tinha interesse em nada mais. Dizia que acordava com imagens de maçãs na cabeça. Dizia que sonhava com as frutas, vermelhas, crocantes e doces. Dizia que seria capaz de desfalecer se não pudesse comê-las. Se Maggie tivesse tido desejo de batata, ou nabo, ou geleia, ou cebola, então estaríamos tranquilos.

A despensa estava cheia desses alimentos. Foi Kevin quem sugeriu que poderia ser uma boa ideia procurar no pomar.

— É lá que as maçãs costumam estar — ponderou, inteligentemente.

Assim, fomos os dois ao pomar, onde as árvores debruçavam-se sobre o pátio. Acontece que não havia maçãs, pois aparentemente não era época da fruta. Depois de uma curta busca, no entanto, encontramos um barraco com vários barris de madeira cheios de maçãs que alguém deveria ter estocado na estação anterior. Corremos de volta para a cozinha, onde havia grandes sacas lamacentas e desfiadas, cheias de batatas sujas. Esvaziamos uma, fazendo uma grande montanha de batata na despensa. De volta ao barraco no pomar, fiquei à porta, montando guarda, enquanto Kevin enchia o velho saco com as maçãs. Todas para Maggie.

Juntos, carregamos as frutas até o quarto da menina, muito orgulhosos de nós mesmos, arrastando aquele saco monumental. Dissemos a ela que tínhamos arriscado a vida para conseguir as frutas, o que pode ter sido um leve exagero, mas, para ser justo, fora uma empreitada bastante dificultosa.

— Ah, Kevin, Cosmo. Vocês são as criaturas mais gentis do mundo. — Então explicou que, de repente, não estava mais desejando as maçãs com aquela intensidade de antes. — É só com leite que estou sonhando agora — disse Maggie.

— Obrigada por nos manter informados — falei, um pouco irritado.

Mas continuava ouvindo sua voz em minha cabeça, dizendo como éramos as criaturas mais gentis do mundo. E Maggie tinha aquele jeito especial de exclamar "ah", que sempre fazia meu coração dar piruetas no peito. Embora não tão frequentemente, às vezes ainda a escuto em meus sonhos.

# 17

Era difícil ficar irritado com Maggie por muito tempo, não importava quantas vezes mudasse de ideia. Seu rosto ainda era muito branco e oval; os cabelos, cheios de cachos e bagunçados, e ela ainda era basicamente belíssima. Até mais, na verdade. Diante de alguém tão lindo quando Maggie, o ser humano meio que tem vontade de fazer coisas por essa pessoa, mesmo achando que, ocasionalmente, ela venha a ser um pouco exigente demais.

Kevin disse que estava ficando um pouco cansado de ser o "pajem", sempre à disposição da menina, cedendo a todos os seus caprichos. Mas eu não me importava muito. Quando volta e meia me perguntava se poderia fazer o café da manhã de Cordelia por ela, parte de mim chegava até a ficar feliz.

— Você considera aquela moça sua amiga? — perguntou Cordelia, enquanto eu tentava sair de seus aposentos certa manhã, não muito depois do assalto às maçãs.

— Considero, sim, totalmente — respondi.

— Bem, eu abriria o olho se fosse você. Não acho que ela seja o tipo de pessoa com quem deveria ser simpático. Não mesmo. Um garoto pode ter a reputação manchada muito facilmente, e você não gostaria que fosse o seu caso, não é, Cosmo?

Não entendi realmente o que Cordelia quis dizer. Respondi que não estava nem um pouco preocupado com reputações. Falei que todos deveriam ter as próprias opiniões e não dar ouvido às teorias alheias. Cordelia replicou que, na verdade, a reputação era tudo, o que era a ironia do século, a julgar pelo ódio que todos nutriam por ela.

Continuou dizendo que Maggie era uma desvirtuosa. "Extremamente desvirtuosa" foi a expressão exata. O pai lhe dissera aquilo. Entendi que deveria ser uma qualidade muito boa. Falei que achava que todas as garotas tinham o direito de não serem virtuosas, e Cordelia me olhou com uma grande expressão de perplexidade nos olhos e uma pequena ruguinha na testa.

— Escute, Cordelia, tenho muito a fazer, então é melhor eu começar, certo? Vejo você depois.

Ela respondeu. Os dentes estavam trincados. Disse que não podia deixar sua presença antes que ela mandasse. Disse que eu era um garoto insolente, que é o mesmo que atrevido e desrespeitoso. Disse que *ela* deveria sempre ser considerada minha tarefa mais importante. Senti vontade de mandá-la se ferrar.

Acabamos sendo obrigados a dar as tais aulas de montaria que Corporamore desejara a Cordelia. Ela chegou aos estábulos usando um casaco leve de veludo cor-de-rosa que balançava de um lado para o outro e um chapéu idiota. Kevin instruiu:

— Srta. Cordelia, monte para começarmos devagar e com cuidado.

Acontece que sussurrei o sinal secreto de alta velocidade na orelha de Somerville, e aquele cavalo incrível disparou com Cordelia, que tentava desesperadamente segurar-se em seu pescoço. Quando voltamos, o rosto da menina estava de uma coloração verde-clara, mas ela não abriu a boca para dizer coisa alguma, e tampouco nós.

No dia seguinte, a Sra. Kelly informou que a Srta. Cordelia decidira que não queria mais ter aulas de montaria conosco. No porão, eu e Kevin nos cumprimentamos batendo as mãos no alto.

Uma tarde, não muito depois, Maggie McGuire desapareceu. O sol parecia uma gota de mel pingando do céu. Tínhamos terminado o serviço e fomos ficar um pouco com ela, como sempre fazíamos. Ao chegarmos ao quarto, tudo estava impecável e muito bem arrumado. Todas as roupas da menina tinham sumido, e havia uma mensagem sobre o travesseiro da cama cuidadosamente feita.

Parte de mim estava orgulhosa. As letras eram perfeitamente desenhadas; apenas algumas palavras estavam escritas incorretamente, e não havia erro algum de gramática. Ainda assim, apesar de bem escrita, era uma das piores coisas que eu já lera em qualquer pedaço de papel:

*Queridos Kevin e Cosmo,*
*deicho hoje esta casa, e não creio que voltarei. Queria poder continuar aqui com vocês, mas não posso, então receo que seje isso. Obrigada pela amizade e gentilesa. Jamais esquecerei enquanto eu viver. Por favor, não tentem me encontrar. Preciso ir e pesso que não me sigam.*

Não sei se você já passou pela experiência de procurar alguém e não encontrar. É uma sensação péssima. Sua pele começa a ficar toda pegajosa de suor, e você fica voltando a lugares onde já esteve, meio que sabendo que não vai encontrar e ainda assim olhando, procurando, buscando, e seu coração começa a disparar, e você não consegue pensar em nada mais, e começa a achar que faria tudo que pudesse para encontrar a tal pessoa. Lembro de quando mamãe me disse que iria para Austrália, e como não falei coisa alguma, fingi que sequer me importava. Devia ter dito a verdade a ela, dito que definitivamente não era certo que me deixasse daquela maneira, que eu precisava que ficasse comigo.

Não voltaria a cometer o mesmo erro idiota. Não desta vez, não com Maggie.

Comecei a chamar por seu nome, depois a gritar e, no fim, já berrava "MAGGIE, MAGGIE, MAGGIE!" repetidas vezes, como se fosse praticamente maluco.

Passado um tempo, Kevin disse que não adiantaria. Que tínhamos de ir para a cama e voltar a procurar pela manha.

— Você está falando sério que vai conseguir dormir? — perguntei, e ele respondeu que provavelmente não, mas era melhor tentar, pois era inútil ficarmos acabados de cansaço, ainda por cima.

Fingi ir me deitar. Assim que Kevin desejou boa noite e fechou a porta, no entanto, saí novamente.

Mãos e pernas tremiam quando montei em Ross e galopamos, tentando quebrar a barreira do som, sentindo como se estivéssemos indo mais depressa do que qualquer ser humano e cavalo jamais foram; tudo para encontrar Maggie.

Não desistiria. Não achei que desistiria nunca. Tinha certeza de que a menina precisava de ajuda. Foi apenas depois de termos vasculhado quase todos os cantinhos mais esquecidos da propriedade que pensei no Chalé do Portão.

Foi um daqueles momentos da vida em que você se questiona: mas por que não pensei nisso antes?

Quando chegamos, Ross e eu estávamos exaustos, mas não nos importávamos tanto assim conosco. Tentei abrir a porta da frente, mas estava trancada por dentro.

Junto à casa, havia alguns pedaços longos e finos de madeira, organizados em uma espécie de forma piramidal. Peguei um deles. Foi difícil manter o equilíbrio, e bambeei por um instante.

Então segurei a madeira com toda a firmeza que era capaz e corri, urrando, em direção à porta.

A casa rangia e era úmida, mas alguém fizera o melhor que podia para limpá-la. Havia cadeiras velhas quebradas, encostadas contra as paredes, e tinham disposto flores do campo em um jarro lascado sobre a mesa. Ouvi um ruído no cômodo ao lado.

Era ela. Maggie estava lá, o que serve de prova que às vezes vale a pena prestar atenção em nossos instintos.

Estava deitada em um colchão estirado diretamente no piso. E estava bem no meio do processo do parto — do bebê que todos sabíamos que teria.

— Maggie — chamei, aproximando-me de onde estava. — Maggie, por que é que você nunca disse *nada*?

Seus cabelos estavam molhados, mechas colavam-se à testa. Afastei-as de seu rosto, como sonhara em fazer diversas vezes, mas, em meus sonhos, as circunstâncias eram completamente diferentes.

Ela perguntou como soube onde encontrá-la, e respondi que teria continuado a procurar até descobrir. Maggie disse ter pensado ser capaz de fazer aquilo sozinha, que não queria arrastar ninguém para dentro de sua situação, que seria muito melhor se ninguém soubesse.

Gemia e mudava de posição e movimentava-se sem parar. E quando tentou sorrir para mim, o que ao menos acho que foi sua intenção, o gesto não pareceu em nada com um sorriso. Era como se Maggie estivesse apenas esticando a boca. Obviamente ela não estava no clima de explicar como aquilo tinha acontecido, e eu também não achei que seria correto perguntar.

Maggie não seria capaz de responder a qualquer pergunta naquele momento de sua vida. Não conseguia dizer coisa alguma, salvo por *aaaaargggghh* e depois *mmmmm-mooooooooh*.

Fiquei ali com ela. A impressão era de que estava sentindo muita dor. Tentei alegrá-la contando algumas piadas, e, embora não tenha cem por cento de certeza, acho que ajudou minimamente. Quando Maggie finalmente ficou pronta para aquela coisa totalmente lendária que estava para fazer, imagens de George Corporamore infiltraram-se em meus pensamentos: ele tocando a perna de Maggie no corredor com seus dedos pontudos, observando-a sempre que passava. Pensei em como queria machucá-lo e matá-lo e lhe dizer para ficar longe dela e para não tocá-la e deixá-la em paz.

Mas Maggie tinha uma missão a cumprir naquele momento, portanto não havia tempo de pensar no Capitão

Nojento, embora obviamente tenha sido ele o responsável por colocá-la naquela situação.

Era difícil o que Maggie precisava fazer. Não entrarei em detalhes, mas digamos que aquela foi a noite em que me dei conta de que ter um bebê não tinha absolutamente *nada* a ver com o que se vê na TV ou nos filmes. E sequer fiquei para a pior parte, pois acabou chegando o momento em que Maggie me pediu para sair. Na verdade, gritou "SAI! VAI! VAAAI!", o que interpretei como uma instrução. Sendo assim, saí e me sentei do lado de fora com a cabeça apoiada nas mãos e não me mexi. Não sou do tipo que dá as costas para as responsabilidades. Não vou a lugar algum quando precisam de mim. Não quero passar a impressão de que sou um santo ou coisa assim, mas acredito que isso seja algo importante. Mesmo sendo apenas um garoto.

Ouvi um barulho crescente vindo de dentro das profundezas da moça e, depois, o som da queda. Em seguida, finalmente vieram alguns minutos de silêncio, um pouco assustadores, na verdade, e mais sons, dessa vez de pequenos gorgolejos e gemidos.

Podia escutar a voz de Maggie, aguda e fina, me chamando para voltar. Em um primeiro momento, não olhei para o pequeno aglomerado de vida que se debatia e se esticava sobre sua barriga. Até que olhei. Quando as pessoas têm filhos nos filmes, os bebês são sempre rosadinhos e limpos, e todos ficam encantados com eles. Neste exato momento posso dizer que o parto na verdade é algo nojento e um tanto violento, e bem aterrorizante. E que, quando o bebê sai, ele não é tão fofinho e lisinho e limpinho. Não, com certeza, ele não é. A aparência de um recém-nascido é meio que nojenta. Ainda assim, aqueles primeiros momentos de existência ficarão para sempre gravados em mim como um fóssil em âmbar.

Os olhos pequeninos da bebezinha fitaram os meus sem qualquer indagação, reprovação ou temor. Fiquei hipnotizado pela maneira como sua boca se mexia e como os dedos se retorciam e os olhos tremulavam, abrindo e fechando, e suas pernas se esticavam, e como pequenas baforadas de ar entravam e saíam daquele diminuto nariz recém-nascido.

Cheguei até a segurá-la nos braços por alguns segundos. Ajudei a limpá-la e a embrulhei em um pano.

As mãos em miniatura não paravam de se abrir e fechar, como se tentassem lançar um feitiço no mundo. Há quem diga que recém-nascidos não conseguem enxergar direito, mas, quando passei o dedo diante de seu rosto, ela olhou diretamente para ele. E quando abri e fechei a boca como um peixinho dourado, ela me copiou. Juro. Pode procurar na internet. Bebês realmente fazem isso. Têm essa capacidade inerente e bastante sofisticada de imitar as pessoas que veem quase imediatamente após terem nascido. E são projetados para sobreviver.

Portanto, mesmo que você possa ficar muito preocupado com o tamanho mínimo deles, bebês têm um grande instinto de autopreservação. Aparentemente, se encostarmos suas mãos em um galho, os bebês irão segurá-lo com toda força e se manter dependurados, sem cair. Não fiz esse teste, no entanto. Sinceramente, não recomendaria testar com quaisquer recém-nascidos que venha a conhecer.

Durante todo o tempo, Maggie estivera olhando para aquele novo serzinho de uma maneira totalmente especial, com gentileza e ferocidade ao mesmo tempo. Quis segurar a mão dela. Era um impulso irrefreável que senti e não era do tipo escuso. Nem do tipo safado pervertido. Como já devo ter mencionado anteriormente, não queria passar a mão de cima a baixo na perna dela, ou apertá-la, nem nada disso. Como disse, eu não sou um doente. Só queria segurar a mão dela. Só isso.

Era um sentimento que transcendia a lógica, ou qualquer coisa que cientistas ou pesquisadores ou teóricos possam explicar em palavras ou imagens ou diagramas ou seja lá o que for. É aquilo que sempre esteve lá. Uma coisa ancestral e profunda. Que nunca desaparece.

A bebezinha começou a choramingar, mas cantei para ela uma música que conhecia muito bem. Tinha todas aquelas palavras falando sobre a primeira vez que se vê um bebê e sobre a vontade que temos de mantê-los aquecidos e seguros e coisa e tal. Ela parou de chorar, o que era o objetivo.

Devolvi a bebê a Maggie. Adormecemos os três naquele lugar em ruínas. Maggie e a filha deitadas no colchão velho, e eu no chão ao lado delas. E naquela noite, apenas brevemente, parei de me preocupar com tudo. Dormimos uma espécie de sono que apenas quem fez algo muito importante pode dormir.

Não podemos passar o tempo todo preocupados. Às vezes, temos que tirar uma folga das preocupações.

# 18

Era difícil acreditar que alguém tão cheio de pontas, tão duro e tão feio pudesse ser pai de um ser tão macio e redondo e perfeitamente belo. Aparentemente, tão logo Corporamore ficou sabendo que Maggie teria um filho seu, ele a forçara a ir embora e fingir para todos, inclusive Kevin e eu, que decidira partir por vontade própria e sem razão nenhuma. Ela estava envergonhada demais para procurar os pais, e não queria ser mais um peso para eles, que já tinham um batalhão de crianças para alimentar. Por esses motivos acabou abrigando-se nos destroços do chalé, com o vento assoviando pela madeira e sem banheiro adequado nem água corrente.

Não passamos muito tempo discutindo o comportamento de George Corporamore, ainda que uma sessão de xingamentos catártica provavelmente tivesse feito muito bem a nós dois. Não havia tempo.

Não precisava debater a respeito do que faríamos a seguir, pois tinha decidido que iríamos levar Maggie e a filha de volta a Blackbrick às escondidas, ao menos por alguns poucos dias, enquanto pensávamos em um plano. Ross, um dos cavalos mais maneiros de todos os tempos, esperara calmamente ao lado do Chalé quase que pela noite inteira. Agora, tudo que precisávamos era ir para um lugar quente onde houvesse comida.

O bebê era pequeno e bastante silencioso. Seria fácil. Disse a Maggie que levaria Ross de volta a Blackbrick e voltaria para buscá-la com Kevin e a carroça. Ela não fez quaisquer objeções, mas não quis demorar a sair, para não dar tempo a ela de mudar de ideia.

— Aliás, qual é o nome dela? — indaguei.

— Nora Cosmo McGuire — respondeu Maggie, olhando para a filha como se não houvesse mais motivos de preocupação. — Nora, para facilitar.

Acordei Kevin. "O que houve?" foi a primeira coisa que disse, pois, quando se tem algo importante a dizer a alguém, parece que isso fica escrito em nosso rosto. Contei-lhe que tinha encontrado Maggie, e, por um segundo, ele ficou felicíssimo, saindo da cama e pulando com uma perna só enquanto tentava vestir a calça.

— Ah, que alívio — disse ele.

Então eu contei sobre o bebê, e Kevin caiu no chão.

— Um bebê? Um bebê de verdade? — perguntou, quando já tinha se recuperado o suficiente para me interrogar. — O que é que está havendo, Cosmo, por que é que você não veio me buscar? Mas que diabos...?

Achei que ele merecia ficar sabendo sobre a vez em que vi Maggie e Corporamore escondidos nas sombras. Mas, assim que terminei, me arrependi de ter aberto a boca. Ele trincou a mandíbula e assumiu uma expressão que jamais esquecerei. As mãos cerraram-se em punhos apertados, e ele ficou repetindo algo entre dentes.

— Cosmo, saia da minha frente. Você está sempre no meu caminho, desde que chegou. Devia ter sido eu. É de mim que ela precisa. Era eu quem devia ter estado com ela esse tempo todo. Não você. Não George Corporamore.

Argumentei que, se viesse comigo e visse Maggie e a filha, provavelmente se acalmaria.

Prendemos Somerville e Ross à carroça, o que foi fácil, pois, àquela altura, já éramos profissionais. Ele, porém, não me encarou ou dirigiu-me a palavra, não da maneira como fazia antes. Seu rosto estava congelado em uma expressão sombria que só desapareceu quando viu Maggie.

— Você está bem, Maggie? — Foi tudo o que ele conseguiu dizer por um tempo, mas não sorria, e sua expressão não era suave como costumava ser quando olhava para a moça.

Ela mostrou Nora a ele. Kevin mordeu o lábio e sussurrou muito baixo:

— Como, Maggie? Por quê?

A menina fechou os olhos e os manteve bem apertados, sacudindo a cabeça de um lado a outro, com os lábios pressionados. Era basicamente óbvio que jamais sentira-se à vontade para responder uma pergunta como aquela. Foi quando a bebê deu aquele seu gritinho gorgolejante, amenizando um pouco a tensão no ar.

— O que acha dela? — perguntou Maggie, e Kevin teve que admitir que era uma menininha estonteante, igualzinha à mãe.

Encontramos um pé de meia velho e largo, que cabia perfeitamente na cabeça da neném. Maggie deu-lhe de mamar, e Kevin e eu sequer ficamos envergonhados. Afinal, acho que esse é um dos propósitos dos seios.

Saímos do Chalé como um grupo de soldados feridos. Olhei para trás, para os Portões Sul, embora não gostasse de vê-los. Pensei na noite em que cheguei àquele lugar, na noite em que sacudi os portões e gritei aos céus.

Andar era um pouco difícil para Maggie. Kevin e eu a ajudamos a subir na carroça e depois, com muito cuidado, passamos a bebê para ela. Maggie fez careta algumas vezes enquanto guiávamos os cavalos tão vagarosa e delicadamente quanto podíamos pela avenida. Eu sabia que, pela maneira como trotavam, tinham consciência de que carregavam algo muito precioso, e Nora passou o trajeto inteiro mamando. Eu e Kevin estávamos mais tensos e nervosos do que nunca, mas creio que seja essa a maneira como adultos de verdade se sentem quando nasce uma criança.

Ainda não entendo realmente por que Maggie tinha tanta vergonha de ter tido um bebê, e por que quis esconder-se de todos daquela maneira. A meu ver, devia ter ficado extremamente orgulhosa de si mesma. Porque ter uma outra pessoa crescendo dentro da sua barriga, depois passar por todo aquele trabalho árduo de tirá-la de lá, e depois ainda alimentar essa pessoinha com o seu próprio corpo é um feito incrível. Nunca tinha me ocorrido antes como era incrível até estar face a face com o fenômeno.

— Sou uma pecadora, Cosmo — explicou ela. — Fiz uma coisa terrível e vou sofrer pelo resto da vida por isso. E eu mereço sofrer.

Continuei insistindo que não havia razão para ter vergonha. Tinha certas opiniões a respeito de Corporamore e do que gostaria de fazer a ele, mas guardei todas para mim, pois não é bom que pais de primeira viagem sejam influenciados por energia negativa. Eles já estão exaustos o bastante e podem começar a chorar muito facilmente mesmo se dissermos coisas simpáticas, como por exemplo, que o bebê deles é lindo e coisa e tal.

Enfim. Estávamos no caminho de volta para Blackbrick, eu e Maggie e Kevin e os cavalos, e Maggie só olhava para Nora, que dormia. E eu podia sentir todas essas ondas avassaladoras de preocupação rebentando dentro de mim.

Só pensava em como queria não me preocupar mais. Com nada. Mesmo que, àquela altura, já estivesse acostumado a rastrear grávidas desaparecidas e a pensar em planos de resgate para crianças em miniatura. Sabe como é, nada que exija muito das pessoas, imagine.

A Sra. Kelly com certeza já deveria estar a par da situação de Maggie, pois, quando batemos à porta de seus aposentos no porão e explicamos o que tinha acontecido, ela exclamou:

— Jesus, Maria e José, mas tão cedo? Está tudo bem? Maggie e o bebê estão bem?

Respondi que estavam, mas que seria de grande ajuda se as duas pudessem ficar no quarto dela, pois assim a Sra. Kelly poderia ficar de olho nelas.

— Claro que podem. Claro, aonde mais iriam, com tanto espaço de sobra?

Maggie estava esperando do lado de fora, segurando e ninando levemente a bebê. Pedimos que entrasse, e, assim que colocou os pés no cômodo, disse:

— Ah, muito obrigada, Sra. Kelly, fico tão grata à senhora, ah, que Deus a abençoe.

Achei um pouco de exagero, para ser sincero. Queria que Maggie parasse de dizer essas coisas. É uma escolha pessoal ajudar bebês. Ninguém precisa ficar grato por isso. É isso que qualquer ser humano deve fazer.

Assim que a Sra. Kelly avistou Nora, ficou encantada, como todos que veem uma nova criaturinha toda doce e irrequieta como aquela.

Kevin e eu cortamos um colchão velho e o ajeitamos dentro de uma gaveta da cômoda que ficava em um cantinho do quarto da Sra. Kelly. Não estava nem um pouco certo de que aquilo estava de acordo com as normas de segurança para recém-nascidos, mas, depois de uma pequena rusga que acabou ficando bem feia, nos acalmamos e concordamos que teria de bastar. No chão ao lado da gaveta, instalamos uma cama para Maggie.

Queria poder mostrar a cena, as duas com seus cabelos escuros e grandes olhos redondos e bocas sérias e rostos brancos. Queria poder mostrar como elas eram.

Maggie era patologicamente sedenta e pedia mais e mais leite. É uma tarefa bastante difícil transportar leite em segredo. Especialmente se for preciso usar uma escada velha e desgastada, se estivermos com pressa e tivermos apenas uma lata esquisita e de alça torcida para transportá-lo.

Sei que cuidar bem de bebês é um dever de todos, mas, ainda assim, eles precisam ser encantadores para sobreviver. Caso contrário, depois de um tempo, as pessoas os largariam em um canto, pois, embora pequenos, dão um trabalho incrivelmente grande. A fofura é sua arma secreta. Inspira todos a quererem fazer tudo por eles e deixá-los sempre limpinhos, e mais ou menos concordarem em se comportar como seus escravos pessoais.

Depois de instalarmos Nora e colocarmos tudo relativamente em ordem, fui à cozinha a fim de atualizar a Sra. Kelly sobre quantas vezes Nora tinha mamado, como Maggie estava e coisas assim.

Foi por volta daquela época que comecei a me sentir radicalmente deixado de lado. Todos tinham algo em que se concentrar, e, em todos os casos, não era em mim. Estavam seguindo com suas vidas. Afinal, é isso que as pessoas têm que fazer. Se eu não começasse a pensar em algo que me fizesse seguir adiante, acabaria sendo um segurador de vela para sempre.

Pela primeira vez em séculos, desejei ir para casa. Tornou-se uma espécie de martelada incessante em minha cabeça. Imaginava meus avós procurando e gritando por mim, como eu fizera com Maggie. Achei que talvez mamãe tivesse decidido voltar e que também poderia estar me procurando. E me dei conta de algo difícil de explicar — algo a ver com amor, e me senti péssimo pelo estresse que deveria ter causado ao pegar um táxi naquela noite e desaparecer.

Tinha me permitido esquecer o futuro e as pessoas que estavam nele, mas era ao futuro que eu pertencia. Todos têm de viver em suas próprias zonas temporais. Não podemos ficar na época de outra pessoa porque isso vai contra a ordem natural das coisas.

Não sei exatamente o porquê, mas Brian também pipocou em meus pensamentos, por um segundo, como se estivesse vivo, seu rosto diante do meu. Se esse idiota não tivesse morrido, nada de ruim teria acontecido. Mamãe não teria virado uma *workaholic* e ido para o outro lado do mundo atrás de mercado. O cérebro de vovô não teria desejado apagar tudo o que soube um dia. Ninguém ficaria atormentado o tempo inteiro, pensando na burrice que tinha sido da parte de Brian cair daquela janela imbecil.

Sério. Quem faz uma coisa dessas? As pessoas deveriam ter instintos de sobrevivência básicos. Ao menos era o que eu achava.

Se não fosse por meu irmão, eu jamais teria conhecido a Dra. Sally, nem aquele resto de perdedores. O taxista jamais teria me trazido até aqui. Eu não teria sido abandonado no passado alheio.

As pessoas costumam me dizer que ter irmão é bem ruim. Mas não ter mais o irmão que tivemos um dia é bem pior.

Estava cansado. Já devia ter me acostumado. Aceitado. Devia ter superado. E devia estar bem. Todos nós deveríamos estar, só que ninguém estava. Meu avô estava senil e congelado como um vegetal. E minha mãe. Onde *diabos* ela estaria, pelamordedeus? Em Sydney? Quem se muda para Sydney? Digo, se você quer ir embora e deixar todos para trás quando mais precisam de você, com certeza poderia pensar em algum lugar melhor. E Ted? Ocupado demais sendo um pioneiro da ciência para se preocupar comigo.

Foram esses pensamentos que começaram a me ocorrer, mas, à época, já não tinha ninguém com quem conversar a respeito. Maggie estava obcecada, obviamente, com a bebê, e Kevin estava mais concentrado em agradá-la do que nunca. A Sra. Kelly parecia ocupada colocando suas asas ao redor dos três, como se fosse um grande e benevolente pássaro protetor.

E eu novamente era responsável por Cordelia.

Cordelia disse que entendia que havia algo errado. Perguntei a ela o que descobrira, e a menina respondeu que sabia que Maggie teria um filho. Não contei que o filho já tinha nascido. Então a menina começou a discursar que era terrivelmente errado que Maggie ainda estivesse sob o teto de Blackbrick, ainda protegida pela generosidade de sua família, quando, "na verdade, já deveria ter recebido um pé na bunda" por estar prestes a dar à luz um bebê sem sequer estar casada.

Alguma coisa rebelou-se dentro de mim. Algo destemido. Não sei realmente por qual razão, mas acho que simplesmente já não tinha mais paciência para certas coisas. O tempo de ser educado e bem-comportado parecia ter chegado ao fim, de modo que deixei a bandeja na cama e me sentei, bem perto da menina.

— Saia já da minha cama! — gemeu ela.

Falei que tinha algo a dizer e, sem esperar permissão, continuei:

— Antes de tudo, Cordelia, nunca mais quero ouvir você falando de Maggie McGuire desse jeito.

— Ah, é mesmo? E o que fará a respeito?

Não tenho cem por cento de orgulho da maneira como me comportei em seguida, mas ela estava provocando.

Virei a bandeja, e os pedaços de bacon deixaram manchas gordurosas na cama branca cheia de babados. O ovo salpicou tudo de respingos amarelos, e o bule caiu no chão. Cordelia começou a tocar sua pequena campainha idiota, gritando "Socorro, socorro!"

Tomei o sino dela e mandei que calasse a boca.

— Sabia que por todo o país existem crianças só um pouco mais velhas do que você trabalhando de sol a sol até os dedos sangrarem? Sabia que uma Maggie McGuire vale por umas cinco milhões de Cordelias Corporamore?

A menina ficou calada durante séculos, olhando pela janela. Expliquei que as pessoas eram educadas com ela apenas por obrigação, não porque queriam ser. Perguntei como Cordelia se sentiria se as pessoas agissem com ela como ela agia com os outros. Não sei quanto tempo levei em meu discurso. Só sei que, depois que comecei, achei mais ou menos impossível parar.

Cordelia disse que iria me expulsar de Blackbrick.

— Aham, aham, que seja. — Foi o que respondi, e lhe perguntei por que era sempre tão cruel. Cordelia retrucou que não era da minha conta, mas que, se queria mesmo saber, tinha passado por poucas e boas em sua curta vida. Disse que todos basicamente a ignoravam. Que seu irmão tinha morrido.

Foi então que me ocorreu que poderia ser realmente muito ruim estar no lugar dela, o que foi outra "primeira vez" para mim em matéria de compreensão.

— Cordelia, saiba de uma coisa: chega uma hora em que todo mundo precisa parar de usar o passado como desculpa para fazer tudo o que quer. Chega uma hora em que é preciso superar coisas assim e tentar ser o melhor tipo de pessoa possível. Se você deixar seu passado determinar seu futuro, provavelmente irá se ferrar.

Tem vezes que só nos damos conta de como algo faz sentido quando o dizemos em voz alta para os outros.

Estava começando a me sentir um pouco mal pela bagunça que fizera no quarto, portanto tratei de limpar tudo. E então, para minha surpresa, Cordelia saiu da cama e começou a me ajudar.

— Sou mesmo tão horrível assim?

A maneira como a menina falou foi um tanto trêmula e insegura, e sua voz pareceu fina e chocada, como fica a voz de alguém que acabou de descobrir algo sobre si que preferiria não ter descoberto.

— Sim, você é. Horrível é a palavra certa. A parte boa é que, agora que você percebeu isso, tem a vida toda para consertar.

E foi naquele momento que Cordelia Corporamore, a pestinha mais mimada que já conheci, disse algo que jamais a ouvira dizer antes: "me desculpe". E foi além, até, dizendo que não sabia como eu, Kevin e Maggie tínhamos conseguido suportá-la todos aqueles meses. Que seu péssimo comportamento era como uma prisão da qual não conseguia se libertar. Falei que deveria se considerar uma pessoa de sorte, pois, se parasse para pensar por um instante, esse era um tipo de prisão da qual facilmente poderia sair quando quisesse.

— Olha só para mim — falei. — Estou preso aqui. Esta é uma prisão real para mim. Eu tinha a chave para sair, mas seu pai a tirou de mim no inverno passado e agora acho que vou ficar aqui para sempre. Quero muito, muito ir para casa, mas acho que não tem nada que eu possa fazer.

— Sou uma pessoa horrível e amargurada e tinha inveja de vocês três — confessou ela, como se não tivesse me escutado.

— Inveja de nós?

— Sim. Vocês estavam sempre se divertindo tanto e me senti excluída de tudo. Quis acabar com a diversão. É isso que Blackbrick faz com as pessoas: as deixa duras e cruéis, e acho que todos deveriam tentar ficar longe daqui. O mais longe possível.

— Obrigado, Cordelia. Agradeço o conselho. Tenho que ir agora. — A menina parecia muito pequena e até um pouco bonita. — Espero que a sua vida seja boa.

— Espero que a sua também seja — desejou ela, e saí, fechando a porta gentilmente.

# 19

Quando decidimos deixar um lugar, um tipo novo de energia nos cerca como um campo de força, afetando tudo. Não sabia, no entanto, se havia algo que pudesse fazer nesse sentido. Fui até os Portões Sul e os sacudi da mesma forma como havia feito antes. Vagava pelo ar um cheiro estranho, bem fraco, de algo urgente e desesperançado. Achei de verdade que eu seria para sempre o fantasma do futuro, preso em uma rotina sem fim em Blackbrick.

Às vezes, porém, recebemos uma dádiva no momento em que mais precisamos, e o mensageiro, não raro, é quem menos esperávamos que fosse.

Aconteceu pouco depois daquela sessão de desespero nos portões. Eu voltava pelo Caminho Sul, chutando pedacinhos de cascalho aqui e acolá, quando vi alguém correndo em minha direção. Torci para que fosse Maggie, vindo dizer tudo o que estava engasgado. Coisas do tipo ter ficado sabendo que eu estava tentando ir embora e agora me implorasse "Cosmo, não vá, minha vida não faz sentido sem você" etc. Mas, como já devem saber, as pessoas que correm em nossa direção em Blackbrick raramente são aquelas que gostaríamos que fossem, e, naquele momento, a pessoa era Cordelia.

Ela segurava alguma coisa. Um objeto pequeno e prateado e torcido e denteado, que entregou a mim. Estava sem fôlego, então apoiou as mãos nos joelhos e arfou por alguns segundos.

— Escute — pediu. — Apenas escute. É esta a chave... A chave dos Portões Sul de que você precisa. — Obviamente, eu já sabia disso. Ela contou que a tinha furtado do pai. Se George ficasse sabendo, ela estaria seriamente encrencada.

— Agora você pode sair quando quiser.

Acho que deveria ter ficado feliz, mas já não sabia o que sentia. Muitas coisas. Cansaço, principalmente.

Cordelia disse que não deveria desperdiçar tempo. Não havia motivo para ficar esperando, especialmente quando já tinha tudo de que precisava. Pediu desculpas por tudo de ruim que pensara a respeito de Maggie, e disse que eu deveria visitá-la e me despedir, pois é importante dizer adeus aos amigos quando se está partindo. Foi o que fiz.

— Oi, gente — cumprimentei, sorrindo. Esforcei-me ao máximo para transparecer alegria, mas Maggie deve ter sentido algo de diferente, pois imediatamente perguntou o que havia de errado.

— Estou indo embora — revelei. Ela ficou parada diante de mim, com Nora espremida, quentinha e apertada, em seus braços.

Tirei alguns fios de cabelo do rosto de Maggie mais uma vez e tentei colocá-los atrás de suas orelhas, por isso estava quase segurando seu rosto com as duas mãos enquanto a fitava. Toquei o osso do narizinho minúsculo de Nora. Ela soltou um pequeno suspiro trêmulo, mas não abriu os olhos.

Linda. Era isso que ela era. Que as duas eram.

Não disse a elas, embora quisesse ter dito. Queria dizer: "Maggie, você é linda e forte e maravilhosa e pode fazer o que quiser nessa vida." Havia uma câmera antiga e engraçada no quarto da Sra. Kelly que, em vez de ter lente com zoom, era uma daquelas do tipo sanfonada. Perguntei a Maggie se poderia tirar uma foto delas. Ela olhou para a câmera, séria, sequer tentando sorrir, com a cabecinha aveludada de Nora aninhada em seu pescoço. Levar a máquina comigo teria sido furto, de modo que a deixei na prateleira outra vez, desejando poder ter feito algo um pouco mais eficaz para guardar aquele momento. De última hora, perguntei se haveria chance de Kevin, Nora e ela irem comigo.

— Cosmo — começou ela. — Eu adoraria. É só que...

— Ela olhou para Nora adormecida em seus braços, e acho

que não precisava explicar. Pessoas que tiveram filhos recentemente têm prioridades diferentes das dos garotos. E realmente não importa se são garotos do passado, do presente ou do futuro.

A última coisa que disse a Maggie foi que definitivamente voltaria a encontrá-la.

O que é idiota, parando para pensar.

Pois nunca mais a encontrei.

Kevin não acreditou que tinha sido Cordelia quem me dera a chave. Falei que estava indo embora para sempre, e ele respondeu que sabia que aquele dia chegaria novamente mais cedo ou mais tarde. Perguntei se ele me acompanharia até os portões, e ele afirmou, dizendo "claro. É claro que sim". Então corremos por aquele caminho como se fosse algo que sempre fizéramos juntos, todos os dias de nossas vidas. Desculpou-se por ter ficado tão irritado comigo por conta de Maggie e da neném. Disse que sabia que nada daquilo tinha sido minha culpa, que sempre fui de grande ajuda, que eu jamais ficara em seu caminho e que ele só dissera aquilo porque estava com raiva. Confessou que achava que Maggie não era mais para ele, e falei que não deveria se preocupar muito com aquilo.

Perguntou o que eu planejava fazer. Desaceleramos ao nos aproximarmos do Chalé do Portão Sul.

— Quem sabe o que o futuro reserva? — respondi, como se eu fosse algum tipo de clichê ambulante. Falei que estava muito confuso, que tudo me parecia totalmente aleatório e que sabia que precisava partir, mesmo sem ter certeza de para onde estava indo. Falei que me sentia perdido e que não tinha ideia de como resolveria uma série de questões.

Queria lhe contar como ele era importante para mim, e queria que me abraçasse e que compartilhasse sua sabedoria comigo e tornasse tudo melhor. Mas Kevin ainda não passava de uma criança, e há momentos em que queremos que as pessoas façam coisas que não podem realmente fazer.

Falei que tinha um conselho a lhe dar, e pedi que escutasse com muita atenção, pois só diria uma vez. Disse que tinha que continuar se exercitando e fazendo palavras cruzadas e lendo livros e fazendo muitos amigos. Que deveria anotar tudo. E pensar no passado, em todos os momentos importantes da vida, nas coisas boas que fez e nos acontecimentos empolgantes. Que deveria adotar uma disposição positiva e não ficar estressado ou ansioso caso dissesse algo que os outros não entendessem ou não levassem a sério.

Depois, comecei a listar todas as datas e os horários das coisas idiotas que aconteceram no mundo que consegui lembrar. Contei a respeito dos aviões que colidiriam com as torres gêmeas; das bombas que fariam vítimas fatais em Londres; do tsunami asiático que afogaria toda aquela gente e do ciclone Nargis, do terremoto chinês e da bolha imobiliária na Irlanda. Tentei lembrar todas as datas com a maior precisão possível. Fiquei com a impressão de estar deixando grande parte do mundo de fora. Sob as circunstâncias, porém, foi o melhor que pude fazer.

A expressão do menino era silenciosa e cheia de respeito.

Encurtei o restante o máximo possível e excluí vários detalhes, pois meu tempo estava acabando.

— No futuro, há esse garoto que será seu neto. Ele se chama Brian e cai da janela no dia do seu décimo aniversário. Só que não é para ele cair. É um desses acidentes horríveis. Brian é jovem e supostamente deveria ter um monte de anos para viver, que nem o resto de nós. É um menino ótimo e inteligente e engraçado e tem dedos longos e toda vez que lê alguma coisa, começa a cantarolar.

Não sabia se nada daquilo fazia algum sentido para ele. Provavelmente não, mas continuei:

— Não importa o que você faça na vida, Kevin, mas por favor não deixe isso acontecer. Agora essa é sua missão: precisa encontrar um jeito de salvá-lo. Lembre-se: o nome dele é Brian. Não deixe seu neto cair da janela. É a única coisa que preciso que faça para mim.

Ele garantiu que não se esqueceria.

Prometeu.

E tive a sensação de que, em breve, não haveria mais batalhas a serem vencidas, nem tristezas a serem choradas.

— Olha, sei que às vezes você vai pensar em mim e duvidar que estive aqui. Eu mesmo já tive minhas dúvidas. Mas sempre que começar a pensar assim, quero que se lembre de que foi tudo verdade. É verdade e será verdade para sempre. E quero que saiba o quanto acho você incrível, o quanto sempre foi um sujeito muito forte e que vou me lembrar de você para sempre. De um milhão de jeitos diferentes.

Falei que temos que nos apoiar um no outro nos momentos que importam. É assim que o mundo funciona. Disse que estar junto da família, das pessoas que nos amam, é muito importante e que às vezes é necessário lutar para permanecer ao lado delas, ainda que haja um preço a pagar. O preço vale a pena, garanti, não importa o que estejamos pensando no momento.

Pensei em minha lista de pessoas cruciais: mamãe, vovô Kevin e vovó Deedee e tio Ted e Brian. E o jovem Kevin e a bebê Nora. E Maggie.

— É verdade — ponderou ele. — Mas, às vezes, deixar algo para trás também é importante. Temos que aprender a fazer isso também. Aprender a fazê-lo sem deixar que nos destrua.

E pensei que nós dois meio que já tínhamos aprendido as duras lições que estivéramos tentando ensinar um ao outro.

— Nunca tive a chance de dizer isso, mas você é uma lenda de verdade — falei.

— Uma lenda? Sempre achei que lendas eram coisas que não aconteceram, coisas que não podem ser verdadeiras.

— Bem, de onde venho, uma lenda é uma pessoa incrível, fantástica e forte — expliquei a ele.

— Bem, então nesse caso eu também acho que você é uma lenda de verdade.

— Não me esqueça, Kevin — pedi. — Por favor, não me esqueça.

— Claro que não, como poderia? Que tipo de pessoa seria se me esquecesse de você?

— Kevin, por favor, você tem que me prometer.

Garantiu que se esforçaria ao máximo.

E agora sei que se esforçou. De verdade.

Caminhei para os portões e, por algum motivo, senti essa dor profunda e sombria dentro do peito, e também calor e frio ao mesmo tempo, e tudo era sufocante e intenso demais.

Mergulhei a mão no bolso para pegar a chave, e abri o cadeado.

Kevin repetiu como ainda não conseguia crer que Cordelia tivesse se dado ao trabalho de furtar a chave do pai por mim. Disse a ele que Cordelia era uma boa menina, afinal, e que provavelmente tínhamos sido um pouco duros com ela. Sugeri que talvez valesse a pena lhe dar uma chance.

— Você é mesmo do futuro? — perguntou Kevin.

— Sim, eu sou — afirmei, e, pela primeira vez, tive a impressão de que ele realmente acreditou em mim. Algo poderoso e verdadeiro cristalizara-se em meu interior. Talvez Kevin também tenha percebido.

— Isto aqui é seu — falei, estendendo a chave a ele.

— O que é que vou fazer com isso?

— Quero que guarde isso até ficar velhinho, e aí um dia, num futuro distante, quero que você me entregue.

Sabia que a guardaria, e sabia que cuidaria muito bem dela.

Depois, vi a mim mesmo cruzar o limite imposto pelos portões, como se fosse um espectador e não estivesse dentro do meu próprio corpo.

Ouvi uma intensa pancada metálica atrás de mim. Eram os portões se fechando sonoramente. Tentei olhar por entre as barras, mas tudo pareceu evaporar, restando apenas a névoa que pairava e rodopiava no ar. A voz de Kevin ainda ecoou no vazio por um momento — dizendo que jamais se esqueceria.

# 20

Demorei-me um pouco do lado de fora dos Portões Sul, esperando que algo grande e possivelmente fatal acontecesse. Mas estava tudo muito quieto. Os antigos ruídos de Blackbrick dissolveram-se. Estava bem frio, como se, de súbito, tivesse voltado a ser inverno. Foi quando me dei conta de que podia sentir o cheiro de coisas, como borracha e goma de mascar e plástico e gasolina — indícios e pistas flutuando pelo ar. Cheiros que não sentia havia muito tempo, ao que parecia. Também era possível ver faixas de luz azul no céu, um tipo diferente de luminosidade daquela dos fios de alvorada e crepúsculo que estava acostumado a ver em Blackbrick.

Tudo é diferente no presente. Não apenas os cheiros, mas os sons. Há um constante zumbido ao fundo, como o de uma máquina funcionando. E, quando abrimos a boca e sentimos o ar — que não deveria ter qualquer sabor —, realmente identificamos seu gosto diferente. E é possível sentir algo na pele; o vento de agora tem uma textura diferente do vento de antes. Até a escuridão é diferente. Há uma espécie de luz azulada na escuridão de hoje que não se via no passado. A luz do passado é levemente dourada.

Leva um bom tempo para o corpo se ajustar. Quando nos levantamos depois de voltar ao presente, imediatamente voltamos a cair e precisamos de algumas tentativas antes de conseguirmos andar com firmeza.

Tive que semicerrar os olhos a fim de fazer o mundo entrar em foco. E, quando consegui, pude distinguir a luz fraca de dentro de um carro brilhando como se fosse um alienígena a distância. Havia um jornal aberto sobre o painel, e levei cerca de um ou dois minutos para compreender o que exatamente era aquilo que eu via.

Era o Taxista-me-dá-aqui-esse-dinheiro, aquele com toda a sua sociabilidade gloriosa.

— Uau! — exclamei, chegando aos tropeços à porta, vendo o grande cotovelo apoiado na janela aberta. — Você esperou tipo *mesmo*.

— É, bem — disse ele, dobrando o jornal, sem parecer nem um pouquinho admirado ou surpreso em me ver. — Eu falei que ia esperar.

O tempo que passei em Blackbrick foi como um piscar de olhos no presente. Estávamos exatamente no mesmo dia em que parti, na mesma manhã de outono de tanto tempo antes, bem cedinho.

— Oba! — exclamei, todo feliz, entrando no automóvel. — Não é tarde demais. Não é tarde demais para nada.

— Achou o que estava procurando?

Não era da conta dele. Respondi que não estivera procurando coisa alguma. Que só estava verificando algo. Não estava nem um pouco interessado em conversar com ele, pois só conseguia pensar que estava voltando para casa. E estava satisfeitíssimo comigo mesmo, pois tinha basicamente certeza de que tinha consertado tudo. Brian definitivamente estaria em casa, pois meu avô prometera que não o deixaria cair, e eu sabia que ele não me decepcionaria, especialmente considerando-se como tinha sido avisado com tanto tempo de antecedência. Além disso, tinha agora uma batelada de informações para vovô que garantiria que passaria no teste de memória. Os olhos do taxista no retrovisor estavam fixos em mim, mas não me importava. Apenas repetia para mim mesmo "resolvido, tudo resolvido".

Pensei que talvez tivesse deixado de ser um perdedor. Pensei que talvez realmente fosse uma lenda.

O taxista provou-se um cara bem decente, afinal. Contei que meu irmão tinha morrido havia algum tempo, mas que achava que tinha revertido a situação e que tudo ficaria bem.

— Amigo — disse ele. — Essa é uma maneira bem legal de pensar mesmo. Seria ótimo se as coisas funcionassem assim, mas acho que não é o caso.

E durante todo o trajeto fiquei pensando que ele não era um Senhor do Tempo como eu. Não era culpa dele. Havia um milhão de coisas sobre as quais eu tinha conhecimento que ninguém jamais entenderia. Mas não seria rude a ponto de dizê-lo, por isso apenas lhe expliquei como chegar à casa de meus avós.

Quando entrei, encontrei vó Deedee deitada no sofá, coberta por um lençol de aparência áspera. Sacudi minha avó para acordá-la, e, lentamente, ela abriu os olhos.

— Vó? Vó?

— Ah, oi, querido. O que está fazendo aqui? Ted veio com você?

— Vó, explico tudo daqui a pouco. Preciso que você me diga onde o Brian está.

— Ah, meu Deus, Cosmo, precisamos passar por tudo isso de novo!? — exclamou ela. Definitivamente não era bom sinal.

Sentou-se empertigada e estendeu as mãos como se quisesse me abraçar, mas permaneci parado com os braços abaixados. Não queria mais abraços, nem mesmo os de vovó. Só queria que alguém respondesse minhas perguntas.

— Querido, você sabe que o Brian está presente em tudo o que fazemos, e que está nas árvores e sorri para nós de outro lugar, e que é com isso que vamos ter que nos reconfortar.

— Vó. Me fala, por favor. Ele continua morto?

Repeti a mesma pergunta até ela responder. Até dizer que sim, claro que estava.

— Sei que não fica mais fácil, amor. Mas por que está agindo assim? Não está conseguindo se lembrar?

— Claro que lembro. Sério, quem é que faz uma coisa dessas? Tipo, ele não era mais bebê nem nada. Quem é que cai de uma janela idiota? Que tipo de imbecil ele era para fazer uma burrice tão grande?

Minha voz estava trêmula, e eu chorava outra vez.

— Pronto, Cosmo. Já passou, já passou. Eu sei. Para mim também sempre pareceu muito sem sentido e absurdo. Só que temos que aprender a conviver com isso. Realmente temos, porque, caso contrário, vamos todos enlouquecer e perder o juízo, e também não há sentido em fazer isso. Não seria muito prático.

Há uma coisa que posso dizer a respeito de minha avó: ela sempre foi uma pessoa muito razoável.

Mas, de súbito, tive a impressão de que era tarde demais para tudo, e alguma coisa cruel, difícil e furiosa começava a emergir de um lugar muito fundo dentro de mim. Tudo em que conseguia pensar era como tinha passado poucas e boas por nada. Passei praticamente todo um ano idiota na adolescência do meu avô, pelo amor de Deus, e fizera toneladas de coisas por ele. E pedi que fizesse apenas uma por mim. Uma coisinha de nada, mas nem isso ele foi capaz de fazer.

Corri para o quarto dele. Vovô estava deitado na cama na exata mesma posição em que o tinha deixado da última vez. Meu pobre e velho avô, todo jogado e pesado. Fiz o melhor que pude. De verdade. Tentei enxergar nele aquele menino que eu amava tanto. Mas não consegui. Tudo o que via era alguém que me fizera uma promessa em alto e bom som, e que quebrara essa promessa sem qualquer desculpa.

— Vô Kevin. Sou eu.

Abriu as pálpebras e me lançou um olhar anuviado.

— Quem é você?

— Sou eu, o Cosmo, pelo amor de Deus, seu retardado idiota. O Cosmo. Cosmo. COSMO. Esse nome não significa nada para você? Esta cara aqui não faz nada dentro desse seu cérebro imbecil se agitar? Você não sabe quem eu sou?

— Ah, não, esqueci alguma coisa? — indagou.

— É, para falar a verdade, esqueceu, sim. Era para você ter salvado o Brian. Era para ter impedido o meu irmão de cair daquela janela.

— Brian? Quem é Brian?

— Ele era o seu NETO, seu IDIOTA. Eu falei. FALEI para você. Foi a última coisa que disse quando saí de Blackbrick. Mas nãããoo. Por que você se daria ao TRABALHO de fazer o que pedi? Ele continua morto. Brian continua morto.

Ele me encarou. Levou a mão à boca como alguém que esquecera algo terrível e depois voltou a lembrar.

— Você não lembra, velho gagá? Você! Era *você* quem tinha a chance de consertar tudo. Ninguém nunca recebe uma chance dessas, mas você recebeu, porque eu a dei a você. E você não aproveitou. Desperdiçou a chance, Kevin. E agora está tudo perdido e arruinado e quebrado e é tudo culpa sua.

— Sinto muito — disse ele.

— É, bem... Sentir muito não adianta nada. Acho que você vai ter que viver para sempre com isso pelo resto da sua VIDA senil e INÚTIL.

Não sabia realmente por que estava falando daquela maneira com meu avô amado. Já estava começando a me sentir um idiota também. Só que depois que fazemos algo, não dá para desfazer. O passado fica congelado.

Então vi vovó Deedee à porta. Ela entrou no quarto e colocou-se entre nós e começou a falar.

— Cosmo? Pelo amor de Deus, o que você está fazendo? Afaste-se dele. Pare com isso! Como pode se voltar assim contra ele, que sempre o amou tanto? Ele nunca admitiu que dissessem qualquer coisa contra você, e os dois sempre foram tão amigos. O que foi que deu na sua cabeça, Cosmo? Mas que vergonha.

— Você não entende.

— Não, com certeza, não entendo. Você, mocinho, vai ter que parar de punir a todos por uma coisa que ninguém pode resolver.

Sabia que estava irada comigo, não que a culpe, nem nada.

— Aguentei o seu egoísmo e os seus caprichos, mas isto... Isto é simplesmente inaceitável. Não importa o quanto esteja sofrendo. Você não é a única pessoa no mundo. Também estou perdendo o meu marido, sabia? Dia após dia ele caminha para cada vez mais longe de mim, em direção a esse lugar escuro, e não há nada que eu possa fazer para impedir. E você vem aqui e grita com ele e o deixa mal desse jeito, quando sabe que temos que tentar tornar este momento o mais tranquilo e calmo e fácil possível, do jeito que ele merece.

Tinha totalmente razão, claro. Só que eu não conseguia sair daquele estado de fúria em que estava. Parecia um poço sem fundo. Comecei a gritar com ela:

— Ele não se lembra de nada, lembra? Nunca vai se lembrar nada. Todas essas pessoas que ele deveria amar. Ele esqueceu a gente, não é? E pronto, acabou, não é?

Aproximei-me da mesinha com as fotografias e ergui os porta-retratos um por um. E, para cada um, gritei um nome. Mamãe! Ted! Brian! Vó Deedee! Eu! Eu! Eu! Eu! E repeti "eu" várias e várias vezes, o que foi bastante egocêntrico, admito. Com o braço, derrubei todas as molduras no chão, e elas se espatifaram e escorregaram e se quebraram pelo chão, restando apenas uma. Apenas uma imagem que não caiu. Era antiga, em preto e branco. Mostrava Maggie e Nora ainda bebê. A moça olhava para a frente, séria, sequer tentando sorrir, e a neném estava aninhada em seus braços com a cabecinha aveludada projetando-se para fora da mantinha.

Peguei a foto e olhei para ela. Ainda continuava achando basicamente incrível que fosse tão linda. Vovô estendeu a mão e pegou o retrato, dizendo:

— Maggie, ah, Maggie, por que fui levá-la para Blackbrick? Se tivesse ficado longe, nada teria lhe acontecido.

Pude sentir o sangue sendo totalmente drenado do coração e viajando todo para meus pés.

— O quê? Vô, do que é que você está falando? O que aconteceu com ela?

Mas ele voltara a ficar em silêncio, e não havia por que fazer mais perguntas.

— Me desculpem — pedi entre dentes. Era um pedido sincero. De verdade.

Àquela altura, vovó já tinha descido para tentar falar com Ted, que nunca atendia ao telefone. Passei correndo por ela; fui direto ao galpão e peguei minha antiga bicicleta. Estava bastante enferrujada, mas ainda funcionava bem. Percorri todo o caminho até Blackbrick, o que levou a manhã inteira. Ia voltar lá, encontrar todos outra vez e me certificar de que nada de ruim acontecesse a Maggie.

Pedalei muito rápido. Podia ver alguns rostos olhando para mim com nervosismo de onde estavam, em carros ou calçadas, mas não desacelerei e não parei. Demorei, mas conhecia o caminho. Os portões estavam trancados e amarrados. Peguei uma pedra e comecei a bater no cadeado como se estivesse tentando matar um ser vivo. Repetidas vezes, bati com a pedra na fechadura com toda a força, tentando não acertar os dedos. Finalmente, ela começou a se deformar e rachar. Então quebrou e caiu com um grande baque morto. Abri os portões e estava de volta. De volta a Blackbrick.

Corri pelo caminho de cascalho até chegar ao fim dele, mas Blackbrick não passava de ruínas. Apenas destroços. As janelas estavam quebradas e pregadas com tábuas. A grande porta que antes brilhava e reluzia para mim desaparecera. Havia apenas um espaço vazio em seu lugar. Entrei, e o piso antigo do corredor parecia empoeirado e rachado. Avistei a mesa onde a bandeja de prata sempre ficava, mas não havia coisa alguma sobre ela.

Não sei realmente por que, mas tentei consertar algumas coisas. A maçaneta da porta da cozinha estava caída no chão, com uma barra de aço preta projetando-se para fora. Peguei-a e a coloquei de volta em seu buraco. Ela escorregou outra vez e rolou, fazendo eco, pelo corredor vazio.

Depois subi a escada, todos os seus 64 degraus, muito embora estivessem um pouco inclinados, tangendo e provavelmente oferecendo bastante risco.

O esqueleto de Blackbrick permanecia lá, mas sua alma definitivamente já partira. Não havia por que permanecer. Fui aos estábulos, apenas por alguns segundos. Não sou idiota, sei que os cavalos não estariam lá. Não senti coisa alguma. Seus espíritos se foram.

Nada mais restava.

Corri até o fim da avenida novamente, passando pelo Chalé e atravessando os Portões Sul. Fechei-os atrás de mim com toda a força possível. Àquele ponto, minhas pernas estavam exaustas, e a ideia de pedalar de volta à minha vida me parecia um pouco extenuante. Então me deitei e descansei o rosto no chão frio e, mesmo estando muito desconfortável, adormeci.

# 21

Não sei quanto tempo fiquei ali, mas a próxima coisa que senti foi a mão de alguém em meu ombro.

— Me larga — falei.

— Ok, me desculpe, Cosmo — disse uma voz. — Cosmo, eu sinto muito. Sinto muito mesmo por tudo e estou aqui para pedir que você venha comigo. Podemos ir para a casa dos seus avós se quiser.

Então repeti os nomes de Maggie e Kevin e Nora várias vezes, mas, refletindo mais tarde, acho que ele não teria como saber de que diabos eu estava falando.

Era o tio Ted. Levantei-me. Parecia que tudo chegara ao fim e que havia algo morto dentro de mim que me causava estremecimentos. Ele não parava de dizer como tinha ficado preocupado. Um carro nos aguardava, e Ted ajudou a colocar minha bicicleta no porta-malas. Voltamos para a casa de meus avós.

Sentei no banco traseiro, insistindo em virar para trás e olhar pela janela, sabendo que não havia mais como voltar, embora continuasse desejando que pudesse haver.

No caminho, Ted começou a falar comigo, e não me pareceu a pessoa autocentrada que pensei que fosse. Era até bastante bom vê-lo. Contei-lhe que tinha sido eu quem roubara sua bolsa, mas ele estava supertranquilo em relação ao fato.

Estava muito cansado quando chegamos, então caí no sono imediatamente. Olhei ao redor ao acordar. Estava em meu quarto na casa de vovó e vovô. Logo soube, porque meu abajur de lava lançava sua luz suave e vacilante pelo cômodo. Estava dormindo em minha cama larga e confortável, coberto por meu enorme edredom branco, e havia vários travesseiros e almofadas verdes espalhados pelo cômodo.

Joguei o cobertor para o lado. Deslizei a mão sob um dos travesseiros na cama e encontrei meu pijama. Enfiei-me dentro dele e me espreguicei em minha velha cama, como costumava fazer quando era pequeno. O quarto estava todo iluminado e quente e limpo. Cheirava a lavanda.

Quando acordei novamente mais tarde, escutei alguém cantando uma música antiga que falava sobre ver um bebê pela primeira vez e querer segurá-lo e mantê-lo em segurança e coisa e tal. Já tinha sonhado muitas vezes com ela, mas, sempre que abria os olhos, nunca estava lá. Daquela vez, no entanto, eu não estava sonhando. Embora por um segundo, mesmo estando diante dela, tenha achado que talvez estivesse.

Estava ótima. Poderia até ainda estar sofrendo, mas, se estava, já não aparentava tanto do lado de fora.

— Mãe... Mãe... Mãe... Mãe... Mãe... — Não me importava que soasse patético repetir daquela maneira. Como se fosse outra melodia que conhecia muito bem e não conseguia parar de cantarolar. Ela me envolveu com os braços e repetiu várias vezes que tudo ficaria bem.

— Mãe, você chegou há quanto tempo?

Respondeu que acabara de chegar.

— E como foi que você ficou sabendo? Como foi que soube que hoje era o dia certo para voltar?

Ela disse que não sabia. Disse que simplesmente estava pronta para voltar para casa e para mim.

— Por que você me deixou aqui?

— Me desculpe, Cosmo.

— Por que precisou ir para tão longe?

Minha mãe explicou que, quando vovô passou a se comportar como se Brian estivesse vivo, aquilo começou a atormentá-la. Disse que precisou ir embora porque tinha ficado com medo de enlouquecer. E em pensar que, todo aquele tempo, ela estivera mentindo dizendo que o mercado local tinha se esgotado.

Fosse como fosse, ela estava de volta. Voltara por uma razão, e a razão era eu. Disse que só podia ter enlouquecido de fato para ter me deixado. Disse não saber o que estava pensando, e que não podia suportar me perder também. Foi muito bom ouvi-la dizer aquilo tudo.

Pensei em Brian e em todas as suas qualidades incriveis e em como queria tanto que ele não tivesse morrido. Virei e pressionei o rosto contra o travesseiro. Podia me ouvir fazendo esse estranho ruído longo e baixinho. Ela manteve a mão pousada em minha cabeça.

— Eu sei, meu amor, eu sei. Também senti muito a sua falta. Só não tinha me dado conta de quanto você estava sentindo a minha. Achei que seria de alguma forma mais fácil se você tentasse esquecer.

Expliquei a mamãe que não tinha como esquecer. Falei de tudo o que recordava a respeito de Brian. Os dedos longos. As covinhas nas bochechas que surgiam ao sorrir. A maneira como cantarolava sempre que estava lendo.

E ela sorriu também, e teve momentos em que até rimos juntos por alguns segundos. E depois parávamos de sorrir e rir por outros tantos segundos.

— Era para o vovô ter salvado o meu irmão. Era para ter feito alguma coisa para salvá-lo.

— Cosmo, meu amor. Não podemos fazer o tempo voltar. Finalmente aceitei isso, e agora você também precisa tentar aceitar.

Embora soubesse disso, ainda queria dizer a ela que estava errada. Queria dizer que *havia* como voltar. Queria explicar que eu *tinha* voltado no tempo, pelo amor de Deus. Que achei que tivesse voltado por um motivo. Que pensei que seria capaz de fazer algo a respeito do que acontecera.

Pesquisei muito sobre viagens no tempo desde então, mas, mesmo tendo estudado profundamente, ainda não consigo explicar o que me aconteceu. Há um físico na Hungria que acredita que os buracos de minhoca são ainda maiores do que Einstein originalmente sugerira, e que não é impossível para um ser humano ficar preso em um. Talvez tenha sido isso o que aconteceu. Existe também esse cosmólogo em Genebra que foi capaz de fazer as partículas subatômicas viajarem mais rápido que a luz, o que basicamente significa que viajar no tempo é possível, ao menos em teoria. Mas não tenho certeza. Acho que jamais terei.

Não sou idiota. Sei que a maioria das pessoas não acredita que saltos no tempo sejam uma realidade e tal. Estou plenamente ciente de que, quase sempre, são uma peça que a mente nos prega quando queremos que certos eventos tivessem acontecido de forma diferente. Sei disso. Ninguém precisa me dizer.

Mas, enfim, contei a mamãe como tinha gritado com vovô e como tinha sido imbecil e cruel com ele. Contei como vovô levou a mão à boca e como seu queixo tremeu e como era minha culpa por tê-lo deixado assustado e chateado. E ela respondeu que estava tudo bem, que todos entendiam, e que, às vezes, as pessoas fazem coisas que não conseguem evitar.

Ainda assim, por um bom período depois disso, repassei a cena muitas vezes dentro de minha cabeça — aquele momento em que gritara com meu avô. Passei um longo tempo tentando mudá-la em meus pensamentos. Inventei uma nova lembrança, e, nela, em vez de ser horrível, sou todo solidário e gentil. Isso não faz com que me sinta muito melhor, no entanto. No segundo em que algo é feito, está feito e pronto. Não há como voltar atrás, não importa a intensidade com que se deseje o contrário.

Tentei explicar isso a mamãe, mas fui um pouco confuso e acabei misturando tudo. Ela fazia "shh, shh", me reconfortando e dizendo que não tinha problema. E, pela primeira vez em muito tempo, não senti como se tivesse que cuidar de alguém, nem resgatar, encontrar, esconder, alimentar ou consolar. O que foi um certo alívio, para ser franco.

Depois de termos todos descansado um pouco mais, sentei aos velhos pés de vovô e encostei a bochecha contra seu joelho. Ele deu tapinhas suaves em minha cabeça e disse "Pronto, pronto".

— Eu te amo, vovô — falei.

— Eu sei. Sei que ama — disse ele.

— Me desculpe por ter gritado com você.

— Não me lembro de você gritando comigo.

Em seguida, mamãe nos cobrando, dizendo que teríamos que comer cedo, pois a Dra. Sally acabara de ligar, avisando que estava a caminho. Foi uma atitude um tanto sorrateira da mulher. Só deveria nos fazer aquela visita no fim da semana.

Droga. Vovô e eu estávamos ali sentados à toa, quando na verdade deveríamos estar fazendo uma revisão para o teste, e agora mal havia tempo.

Peguei o caderno e demos a partida.

Contei a ele toda a história de sua infância e adolescência.

— Sabe qual foi o seu primeiro emprego, vô?

— Não — respondeu ele.

— Você era cavalariço.

Expliquei como ele tinha sido fantástico com os cavalos. Disse que Somerville e Ross tinham sido provavelmente os animais mais bem-cuidados do planeta inteiro.

— Está lembrado agora?

— Ah, sim, cavalariço, claro, era isso mesmo que eu era. O melhor cavalariço do país.

— Isso aí. Não tenho a menor dúvida.

— E levamos a Maggie escondidos para Blackbrick. Lembra? — perguntou vovô.

— Bom, tecnicamente, fui eu quem fiz a maior parte do trabalho — retruquei.

— Ah, é, foi você. Foi mesmo, mas fui eu quem lhe disse o que tinha que falar.

Apontou para mim com as mãos velhas e amarronzadas e seu cotoco de dedo.

— Aliás, como foi mesmo que você perdeu o dedo? — perguntei, já esperando ouvir nossa piada.

— Com certeza não é um acidente tão incomum assim para um cavalariço.

E os braços velhos imitaram o golpe de um martelo invisível em sua mão. Explicou que uma simples escapadinha para sonhar acordado enquanto se está fazendo a ferração, e terá sorte se ainda tiver um dedo para contar história.

— Como se prende um cavalo a uma carroça? — perguntei, e ele declamou uma lista de instruções como se realmente fosse o Google humano.

Perguntei como tinha aprendido a ler e escrever, e ele respondeu que não se lembrava bem, mas que era algo que sempre tinha planejado dominar, de um jeito ou de outro, apesar dos obstáculos que enfrentara quando jovem.

Demos boas gargalhadas aquele dia. Mostrei-lhe o desenho que fizera de Blackbrick na capa do caderno de Ted. Ele correu os dedos pelas linhas como se estivesse tocando em algo muito precioso. Disse que estava desenhado à perfeição.

— Quantos degraus da cozinha até o escritório?

— Sessenta e quatro — respondeu, sem ter que sequer refletir a respeito.

— Onde Nora nasceu?

— Nora? Ah, a Nora. Foi no Chalé do Portão.

Vó Deedee voltou à sala com chá e biscoitos. O vapor saindo do bule subiu diante de seu rosto.

— Vocês dois ainda estão de conversa fiada sobre Blackbrick? — perguntou ela, deixando a bandeja sobre a mesa. E então revelou: — Foi lá que eu e o seu avô nos conhecemos.

Eu definitivamente não sabia disso, falei, subitamente voltando a me sentir confuso.

— Blackbrick era a casa da minha família.

— Como é, vó? — perguntei. Não sabia o que ela estava querendo dizer, pois, às vezes, não conseguimos ver aquilo que está bem debaixo de nossos narizes.

— Eu nasci e fui criada lá, Cosmo. Cordelia Elizabeth Corporamore. Sempre achei um nome tão boboca.

Minha avó era velha. Parecia velha, e sua pele era enrugada, mas os olhos tinham brilho, e era possível saber, olhando apenas para eles, que sorria mesmo que o restante do rosto não estivesse visível. Eu a conheci a vida toda, mas foi naquele momento que reconheci quem era.

Vó Deedee, minha própria avó. Era Cordelia. Deus do céu, meu avô se casou com Cordelia Corporamore. Ela mudou de nome por achar Cordelia bobo. Como chegou à conclusão de que Deedee seria uma alternativa mais razoável talvez permaneça um mistério para sempre.

Passou alguns minutos me perguntando se eu estava bem, pois tinha ficado pálido e meio que parecia estar em choque.

E ali, na sala de estar de meus avós, beijei e abracei vovó.

— Ah, vó, que pessoa ótima que você se tornou, de verdade mesmo. — Fico feliz por ninguém mais ter me visto fazendo aquilo, pois outra pessoa teria achado que eu era cem por cento patético.

Ainda é bem difícil de acreditar que conheci minha própria avó quando era jovem. Ok, as circunstâncias eram bem bizarras, mas foi o que aconteceu. Jamais conseguiria voltar a olhar para ela sem ver a menina que fora um dia.

Mas não era hora de ficar parado, pensativo, ou de começar um interrogatório, pois a Dra. Sally chegaria dali a pouco. Vovô e eu passamos cerca de 45 minutos fazendo um intensivo para treinar seu cérebro e deixá-lo tinindo. Repassamos alguns pontos várias vezes até eu estar confiante de que estava pronto, o mais preparado que jamais estaria. Depois, trocamos a camisa que estava vestindo por outra limpa, arrumamos uma gravata, vovó penteou seus cabelos e os dividiu de lado, deu-lhe um beijo na bochecha e disse que parecia muito inteligente. Quando a Dra. Sally chegou, ele a recebeu com a educação e simpatia que normalmente reservamos aos parentes com quem perdemos contato há muito e de quem sentimos muita falta.

Conseguiu responder todas as perguntas que ela fez. Tudo o que estudamos caíra no teste. Qual foi seu primeiro emprego, como perdeu o dedo, quando conheceu a esposa. Meu avô disse à Dra. Sally que era uma longa história, e ela respondeu que tinha tempo, de modo que ele começou a contar. A mulher achou encantador. Acho que até vi quando enxugou uma lágrima por baixo dos óculos. Ele soube dizer o que cenouras e batatas tinham em comum, e sequer tínhamos estudado aquela questão.

— As duas são hortaliças de raiz que nascem no solo, embora tenham cores e formatos diferentes.

Dra. Sally comentou que foi uma resposta excelente. Vovô fez sinal de positivo com os dois polegares e sorriu para mim, mas aquela era sua maneira gentil de provocá-la. Não era como se tivesse feito algo particularmente fantástico que lhe desse orgulho. As perguntas eram muito fáceis para alguém tão inteligente como ele. Ela assentiu, o tempo todo sorridente como se estivesse impressionada.

A mulher levou séculos preenchendo um formulário e depois disse:

— Sr. Lawless, meus parabéns. Com base nos resultados do teste, fico feliz em dizer que ainda é adequado que permaneça em sua própria casa.

Depois que foi embora, eu e vovô nos cumprimentamos, batendo as mãos no ar. Então vovó e mamãe aproximaram-se e fizemos um abraço coletivo.

— Graças a Deus por isso! — exclamou vovô. — Não sou muito fã daqueles testes, não.

## 22

Não tenho muito interesse em entrar em detalhes a respeito de como meu irmão Brian morreu, mas, basicamente, o que aconteceu foi que ele se debruçou para fora da janela mais alta de nossa casa para acenar para mim, que estava brincando no jardim. E meio que perdeu o equilíbrio e caiu. Deu esse grito de "uuuaaaahhh" durante toda a queda, então achei que fosse brincadeira e comecei a rir, embora ele estivesse morto. Quando me mudei para a casa de meus avós, eles disseram que não falaríamos mais a respeito e que nos esforçaríamos para manter os pensamentos tristes fora de nossas cabeças, o que para mim não era problema. Odiava a maneira como todos sentiam pena de nós, e como costumavam falar com aquelas vozes sussurradas sempre que estávamos por perto, da mesma forma com que se fala em um hospital ou igreja. Meus avós não queriam que sentissem pena de mim, pois pena não ajuda muito. Acho que tinham esperança de que me esquecesse de tudo e seguisse em frente.

Nunca esqueci. Jamais esquecerei.

Descobri muito mais tarde que vovô tinha, sim, feito tudo o que podia para salvar Brian, afinal. Vó Deedee disse que era muito esquisito, mas que, quando meu irmão nasceu, vovô começou a ficar preocupado com questões de segurança e de altura.

— Seu avô vivia falando em trancar as janelas e esconder as chaves, e sua mãe chegou até a pensar que estava ficando louco. Ele passou a infância do Brian inteira advertindo-o sobre janelas e como era perigoso ficar se balançando para fora delas. Kevin era persistente, Cosmo. Ao ponto de não deixar ninguém chegar nem PERTO de uma janela. Era como se já soubesse o que estava para acontecer com o neto. E depois, quando finalmente aconteceu de verdade... Bem, ele se culpou tanto.

E o que aconteceu foi que Brian encontrara uma janela aberta um dia. Como amava a sensação do vento batendo em seu rosto, o fato de estar tão alto e também ver como era o mundo de cima, acabou se debruçando demais, como as pessoas fazem às vezes. Simplesmente foi além do que podia.

É péssimo, eu sei, mas, assim que a Dra. Sally se mandou, a memória de vovô começou a afundar novamente.

Abri o site de cura para a memória, que não visitava havia um tempo. De súbito, as instruções me pareceram um pouco estúpidas. Cliquei em um link ao fim da página que não tinha notado antes, e lá havia um parágrafo que mais ou menos admitia que há certos tipos de perda de memória que ninguém pode reverter. Desejei que aquela informação em particular tivesse estado um pouco mais para cima naquele site patético.

Não deveria se chamar cura para a memória. Deveria se chamar: tente alguns métodos inúteis para melhorar a memória de alguém e depois, quando não derem certo, desista. Teria sido um título mais preciso.

Mais tarde naquela mesma noite, entrei na cozinha e olhei ao redor. Todos os Post-its continuavam lá, como velhos soldados cujo trabalho estava terminado, mas que ainda se recusavam a deixar seus postos.

Ainda tenho todos aqueles papeizinhos coloridos. Guardo-os no quarto em uma gaveta muito bem trancada, que só pode ser aberta com um código numérico que apenas eu sei qual é. Às vezes, não com muita frequência, pego todos para ler. E aquele em que escrevi a respeito de Brian me faz sentir como se houvesse outra versão de mim pelo mundo, ainda tentando me trazer alento.

Só porque não podemos mais ver alguém não quer dizer que essa pessoa não seja parte de nós. Há aqueles que se foram e morreram, e há aqueles que sequer chegamos a conhecer, e certas coisas a respeito deles ainda assim estão enterradas em nós como se fossem fósseis em âmbar. Pode ser um ditado, ou uma ideia, ou um hábito que você pegou de alguém de sua família que por sua vez aprendeu com algum outro conhecido. Pode ser a maneira como dá tapinhas na mão das pessoas quando precisam ser reconfortadas. Ou podem ser as covinhas nas bochechas que surgem quando você sorri.

Maggie McGuire morreu em 1943 de uma complicação chamada infecção puerperal. É algo que antigamente acometia mulheres quando seus partos ocorriam em circunstâncias anti-higiênicas, ou quando não conseguiam acesso rápido a antibióticos. Vovô nunca falou a respeito. Depois de sua morte, ele quis cuidar de Nora, mas não permitiam que adolescentes criassem bebês na época. Na verdade, pensando bem, acho que provavelmente tampouco permitem hoje. Naquele tempo, bebês sem paternidade eram comumente mandados para lugares terríveis que fingiam ser lavanderias. E bebês que iam para lá eram tratados como prisioneiros.

Kevin tinha certeza de que esse seria o destino de Nora, por isso implorou a Sra. Kelly que a mantivesse segura e cuidasse dela. A mulher já tinha caído de amores pela criança e como estava cansada de trabalhar em Blackbrick, fez as malas e, embora não tivesse lá muito dinheiro, conseguiu mudar-se com a bebê para Boston. Na época, Boston parecia um lugar muito distante, como, digamos, Sydney é para os padrões atuais.

E, anos mais tarde, meu avô casou-se com Cordelia, que é minha avó, e agora nossa família é composta de mamãe, tio Ted, que, na verdade, é um dos caras mais maneiros que conheço, e eu. O resto, como sabem, é história. Tudo vira história no final.

Nada saiu da maneira como vovô planejara, apesar de ter sido um jovem cheio de coragem e esperteza, e de seus planos terem sido sempre bem-pensados com muita antecedência.

Procurei "Nora McGuire" no Google e descobri que ela teve um monte de netos. Mandei um e-mail para uma das netas, fingindo ser parte de um trabalho de escola a respeito da história da Abadia de Blackbrick. E, agora, a neta de Nora é minha amiga no Facebook. Contou-me que a avó tinha sido criada nos Estados Unidos por sua responsável legal, uma mulher chamada Mary Kelly. E conseguiram viajar até a América do Norte, reza a lenda, porque um homem, George Corporamore, lhes deu uma quantia em dinheiro suficiente para se mudarem e começarem uma nova vida lá. Aparentemente, Nora sempre fora uma mulher maravilhosa, gentil, generosa e cordial, muito amada por todos que a conheceram, o que me deixou supersatis- feito e orgulhoso, não que tenha sido uma surpresa assim tão grande.

A neta dela achou ligeiramente estranho que meu nome fosse Cosmo, pois era esse também o inexplicável nome do meio de sua avó. Estava prestes a começar a explicar quando me dei conta de que pareceria ridículo, portanto parei.

— É, é uma coincidência bizarra mesmo. — Foi tudo o que disse.

Há diferentes versões a respeito de que tipo de pessoa era lorde George Corporamore. Alguns diziam que era um homem perdido, vaidoso, esnobe, condescendente e explo- rador. Outros, que era um defensor das pessoas humildes, de bom coração e fantasticamente decente. Dificilmente alguém saberá a verdade.

Eu e a neta de Nora acabamos nos falando por Skype al- gumas boas vezes. Fiz uma tonelada de perguntas. Ela disse que minha pesquisa era muito profunda e que com certeza eu ganharia nota máxima.

Vó Deedee disse que as histórias dos cavalos que zuniam por Blackbrick eram como uma lenda que sobreviveu, mas já não havia mais tantas pessoas vivas que lembrassem se a lenda era verdadeira. Ela se recorda de ter conhecido Kevin quando ainda era cavalariço e de como era bonito. "Tinha mais garotos bonitos por lá?", perguntei, e ela respondeu que, antes da guerra, havia muitos e muitos, mas que seus nomes e rostos tinham flutuado para longe na névoa do tempo. Fosse como fosse, ela só tinha olhos para Kevin.

Disse, no entanto, que se lembrava de todos comentarem, admirados, a respeito de como aqueles dois cavalos remanescentes de Blackbrick estavam em forma e de como eram rápidos e reluzentes.

Era tudo verdade. Aconteceu mesmo. Aqueles animais incríveis realmente estiveram lá, e Maggie McGuire também. Nora nasceu, e Maggie era uma heroína que teria feito de tudo a fim de proteger a filha recém-nascida. Maggie teria ficado bem se não fosse pela infecção. Isso e a falta de antibióticos.

Às vezes, ainda posso ver a Sra. Kelly com a barriga no fogão da cozinha de Blackbrick. Em minha mente, ela é uma mulher forte, gentil e prática, sempre pronta para me apoiar. Do jeito que sempre foi.

# 23

Depois de toda a experiência em Blackbrick, tirei uma folga de tudo, mas mamãe ponderou que, mais cedo ou mais tarde, teria que voltar à vida normal. Respondi que "normal" não existia, e tentei explicar que tinha me tornado uma pessoa bastante engenhosa, capaz de encontrar um modo de cuidar da minha educação por conta própria. Ela não quis nem escutar. Assim, tive que voltar para a escola e agir como se nada tivesse acontecido, o que foi um saco, a princípio.

Assim que entrei na sala de aula, a Sra. Cribben disse:

— Classe, digam oi para o Cosmo. É *muito* bom ver você. Não é, pessoal? — Coisas em tom paternalista como essas.

No segundo em que a professora virou as costas, DJ Burke começou:

— Ei, gente, olha só, o Perdedor voltou.

Na hora do almoço, fui até onde ele estava no pátio. DJ me encarou, arrebentando a bola de chiclete da maneira como sempre fazia. Encarei-o de volta. E o joguei no chão e coloquei o pé sobre seu peito e apontei os dedos em direção ao seu queixo. Falei que minha vontade era mais forte do que a dele. Não fui grosseiro, mas disse que preferiria se não me chamasse mais daquilo, nem de qualquer outro apelido. Falei que não era Perdedor coisa nenhuma. Que ele não precisava acreditar em mim, mas que, na verdade, eu era uma lenda. DJ tentou me acertar, mas meus reflexos tinham ficado bem rápidos, e meu soco o acertou primeiro.

O garoto teve que ficar na enfermaria por um tempo. Não que houvesse nada de grave com ele, mas ele fez um escândalo. Ninguém mais voltou a me chamar de Perdedor depois daquilo.

De manhã bem cedo, entrei no quarto de vó Deedee para ver se estava acordada, e começamos a conversar. Pedi que me contasse a respeito de seu irmão, Crispim. Ela explicou que nunca falara sobre ele antes porque eu já tinha tido minha cota de histórias tristes, mas respondi que estava pronto. Vovó contou que Crispim tinha resgatado vários soldados muito jovens que foram largados na lama à beira da morte por terem sido acertados pelos inimigos, que também não passavam de crianças. Crispim estava atormentado quando voltou para casa, assombrado pelas memórias de guerra e, na noite anterior ao dia em que deveria voltar para o serviço, ele tirou a própria vida nos Portões Sul. Era por isso que não queriam ninguém rondando por aquelas bandas. Os Portões foram trancados no mesmo dia em que o menino morreu, e passar por eles era expressamente proibido a todos.

Ela disse que não quis falar a respeito durante anos, mas pude ver que lhe fez bem, por mais que fosse extenuante lembrar eventos tão tristes. Disse que ficasse na cama, que eu iria descer e trazer o café da manhã, e ela respondeu que seria muito bom.

Cortei algumas fatias de pão e preparei o bacon com muito cuidado. Fiz os ovos mexidos com a quantidade exata de manteiga. Quando vovó me viu entrando com a bandeja e a colocando em cima da cama, tomou minhas mãos nas suas e exclamou:

— Meu Deus do céu.

Disse que estava perfeito. Tudo o que pediu foi uma colherada extra de açúcar no chá, pois estava se sentindo um pouco tonta.

Fitou-me por muito mais tempo do que as pessoas costumam fazer normalmente, com os grandes olhos abertos, sem piscar. E então disse:

— Cosmo? Cosmo?

— Sou eu — respondi.

— É você mesmo! — exclamou ela.

— É claro que sou eu, vovó. Sempre fui eu. — Sorri, torcendo para que a cena não a estivesse deixando surtada demais.

— Ah, pelo Senhor! — exclamou. — Como foi que eu nunca percebi?

— Existem coisas misteriosas e outras que são difíceis de explicar, vovó — disse eu a ela.

— Obrigada por tudo, Cosmo. Obrigada por este café da manhã maravilhoso e por todos os outros também. Quero que você saiba que é um menino muito especial.

"Especial" não chegava nem perto de me descrever. Não sou apenas especial. Sou uma Lenda do Tempo, é isso que sou.

Mamãe e Ted trouxeram John de volta da fazenda. Quando fui ao curral perto da casa de vovó, ele estava à minha espera. Alguém realmente cuidara bem dele. Os cascos estavam em ótimo estado. Assim que me viu, resfolegou e dançou. Praticamente sorriu para mim.

Eu e John galopamos como sempre fazíamos. Por entre as árvores, pelos campos e todos os cantinhos escondidos. Saltamos por cima de barris e velhos canteiros de flores. Volta e meia, freávamos e depois voltávamos a correr. Podia ouvir sua respiração, rápida e estável. Contei-lhe tudo sobre Blackbrick e Maggie e Nora e a versão jovem de vovô, e não importava se ele não conseguia entender tudo. Podia ouvir os cascos batendo e fazendo ecos galopantes e sonoros quando tocavam o solo antes de alçarem-se ao ar outra vez. E podia ouvir a risada de alguém. Por um segundo, não percebi que era eu. Rindo da maneira como as pessoas normais fazem. Da maneira como ouvi os outros rindo quando estão correndo rápido, ou quando se surpreendem fazendo algo que sempre fizeram muito bem.

Fiz companhia a meu avô todos os dias antes de sua morte à medida que aquele último outono endurecia até transformar-se em inverno. Tentei garantir que ficasse sempre o mais confortável possível. Costumava segurar sua mão, ou ao menos dar alguns tapinhas nela para que soubesse que eu estava ali. E, mesmo que todos achassem que àquela altura seu cérebro já tinha se esfacelado todo, na verdade, não tinha. Estava lá o tempo inteiro, mas os outros não sabiam. Mamãe e tio Ted diziam que devia tentar parar de rezar por qualquer sinal de reconhecimento e não ficar triste se ele não soubesse quem eu era. Diziam que ficaria cada vez mais difícil ver vovô naquele estado, levando-se em conta o homem esperto e incrível que conheci, e também como sempre fora astuto e sagaz e inteligente, conhecido por se safar de todo o tipo de situação graças ao pensamento rápido.

Mas ninguém sabia o que acontecia quando éramos apenas eu e ele, e ficávamos confortáveis para falar do passado.

A casa de vovó e vovô sempre foi cheia de milhões de fotografias, e, durante aqueles dias finais, dei a ele várias outras — de Blackbrick e dos estábulos e dos cavalos e do caminho para a entrada da casa e de Nora e de Maggie. Tive de fazer ligações aqui e ali para conseguir algumas, e definitivamente tive que passar algumas horas na internet e me deslocar para conseguir outras. Mas tenho certeza de que valeu o trabalho. A neta de Nora me mandou algumas fotos digitais da avó quando já estava adulta. Era totalmente reconhecível.

Vovô e eu tivemos o exato mesmo diálogo algumas boas vezes.

— Vô — dizia eu, e em um primeiro momento, ele não respondia. Mas depois, eu me inclinava para perto e dizia baixinho: — Kevin, sou eu. Está lembrado? — E quando falava isso, ele abria os olhos e um sorriso enorme se abria em seu rosto velho e encantador.

— Ah, Cosmo. Estava esperando por você. Sabia que viria. Não queria partir sem ver você — respondia ele, e eu dizia:

— Obrigado.

— O que foi que aconteceu com a neném?

Contei que tinha crescido, ficado bem e tido filhos e netos. Segurei os retratos perto de seu rosto para que pudesse ver por si mesmo.

Lembrei a ele que eu tinha estado lá quando ela nasceu e disse que, com meus próprios olhos, vi quando inspirou pela primeira vez na condição de ser humano recém-nascido e que vi seu nome, Nora Cosmo, ser dado a ela quando ainda era uma bebê pequenina, inquieta, nova e fresca, cheia de mil futuros possíveis. E ele sempre respondia:

— Sim, é claro, estou lembrado agora. Posso contar com você, Cosmo. Posso sempre contar com você para me manter na linha. — E sempre que ele dizia aquilo, parecia tão vivo e inteligente e cheio de brilho nos olhos quanto sempre fora.

— Achei que você e a Maggie fossem ficar juntos.

— Também achei — comentava ele. — Mas nem sempre as coisas acontecem como planejamos.

"Pode crer", pensava comigo mesmo.

Disse-lhe que ainda achava que a morte de Maggie tinha sido o maior desastre de todos os tempos e que queria que houvesse uma maneira de consertar aquilo. Vovô concordou que sim, foi terrível, mas podemos consertar a vida. Mesmo em meio às piores tragédias imagináveis, ainda existe a possibilidade da alegria. A felicidade sempre cresce sob a superfície, esperando para irromper e florescer. Admitiu que é mesmo difícil acreditar nisso quando se está no meio de uma catástrofe, mas afirmou que eu deveria sempre me esforçar ao máximo para me lembrar dos momentos de alegria. Prometi que faria o melhor que pudesse.

Foi durante uma daquelas conversas que me dei conta de quem era meu bisavô. Consigo lembrar o momento exato em que aconteceu, pois estava encarando meus dedos. Acabamos nos acostumando com os próprios dedos, pois estão presos em nós, de modo que não pensamos que sejam algo particularmente notável. Mas, mesmo agora, olhando para os meus, ainda consigo notar que são um pouco pontudos.

E pensei no número de vezes em que desejei que George Corporamore estivesse morto e em como agora ele realmente está. Muito morto, como vovô costumava dizer. Talvez mesmo as pessoas que são péssimas não sejam de todo ruins. George deu aquele dinheiro para a Sra. Kelly, afinal, e foi isso que poupou Nora de ser mandada a um orfanato-lavanderia. Creio que a maldade tenha seus limites.

De qualquer forma, tento não pensar muito a respeito. Ser parente de alguém como George Corporamore é o tipo de coisa que pode enlouquecer uma pessoa.

— Vovô, você não se esqueceu de mim, né? Claro que não.

Embora estivesse muito próximo do fim da vida, ainda conseguiu fazer aquela sua expressão exagerada de decepção fingida.

— Cosmo — falou. — Como é que você pode achar uma coisa dessas? Como é que ia esquecer? — E apontou para mim com o dedo não existente. — Pelo amor de Deus! — exclamou com a voz rouca e dando um risinho. — Que tipo de pessoa eu seria se me esquecesse de você?

Depois descansei a cabeça em seu peito por um tempo, e ele sussurrou:

— Está tudo bem com você, não está, Cosmo?

Respondi que estava, sim, de verdade.

Respondi que estava tudo maravilhoso.

# Mais uma coisa

Ia gostar muito se, depois disso tudo, pudesse dizer que quando alguém morre, você supera, mas não posso e acho que nunca poderei. Posso ser uma criança e tal, mas dei uma boa crescida recentemente. Parei de suplicar ao mundo que me devolvesse as coisas que perdi. Elas se foram e preciso me acostumar com isso. Mesmo que não existam mais, essas coisas deixaram uma marca e são elas que me dão bastante alento. Obviamente, não é tão bom quanto seria se estivessem de fato aqui.

Sinto muita falta de Brian e do vovô Kevin. Há momentos em que parece que tenho um tijolo preto, gigantesco, frio e pesado, enterrado dentro de mim, impossível de ser removido. Talvez não seja exatamente assim que os outros sintam esta mesma dor, mas todos sabemos o que é sentir saudades de alguém. Não preciso explicar. É isso que significa ser humano. Devemos sentir a falta dos outros.

E andei me esforçando muito para parar de desejar o que não posso ter. Parei mais ou menos completamente de ter esperança de que as pessoas voltem à vida quando todos sabem que estão mortas. Esperar algo assim é uma enorme perda de tempo. Contudo, não vejo problema, bem de vez em quando, em sentir que seu corpo todo está doendo e pedindo pela presença de alguém. Mesmo quando sabemos que ele não vai voltar.

Os fantasmas em sua vida não chegam a partir realmente. Vez ou outra, sussurram para você e passam perto como um sopro, e talvez você chegue até a sentir sua respiração doce e nebulosa sobre a pele. Tudo bem. Não se preocupe demais com isso. Não quer dizer que estejam querendo dominar sua vida. Olhe para mim, por exemplo. Na maior parte do tempo, me sinto mais ou menos fantástico. Mas, às vezes, ouço coisas, como a voz de Maggie, tão clara quanto sempre fora. E há momentos em que ainda gostaria muito, apenas uma vez mais, de sentir meus dedos tocarem seu rosto.

# Agradecimentos

Um "muito obrigada" carinhoso e sincero a Ben Moore (por seus conselhos de especialista, por sua fé em Cosmo e por saber o que fazer com a chave), a David e Paul Moore (por serem sempre tão interessados) e a Elizabeth Moore (por mais do que sou capaz de expressar). Meus agradecimentos gigantes também a Melanie Sheridan, Sarah McCurtain, Aelish Nagle, Maura Murphy, Terry Barrett, Fionnuala Price, Fiona Geoghegan, James Martyn, Bob Whelan, Adele Whelan, Eoin Devereux e todo o clã O'Dea. Obrigada aos meus afilhados Stella Byng, Myles Egan, Ashlee DaCosta e Ella Nethercott, e seus irmãos, Declan, Mika, Sophie e Alannah. E também a Ann Fitzgerald, John Consodine, Hugh Fitzgerald e Abby e Moya. Tenho sorte e sou grata por ter uma agente como Jo Unwin e uma editora como Fiona Kennedy — trabalhar com as duas foi puro prazer.

Meus agradecimentos a todos em Conville e Walsh, na Orion Children's books e Annaghmakerrig. Meu amor e gratidão a meu fabuloso Eoghan, minha maravilhosa Stephanie e minha mágica Gabriela. Finalmente, obrigada a você, Ger Fitzgerald, por ter tornado realidade todos os meus melhores sonhos, inclusive este.

Sarah Moore Fitzgerald
Limerick
Agosto de 2012

# Nota da Autora

Meu pai foi um homem incrível. Ao longo de toda a minha infância, não me lembro de tê-lo ouvido levantar a voz, salvo por brincadeira, e raramente ficava chateado ou irritado com algo. Apesar de ser uma pessoa ocupada e trabalhadora, passava muito tempo comigo, algo a que não dei o merecido valor. Houve, tenho certeza, muitos momentos em que as pessoas teriam me considerado insuportável, mas papai sempre me fez sentir uma menina encantadora e esperta e linda.

Ele me estimulou a escutar, ler, pensar, viajar, escrever e me maravilhar com a dádiva incrível que é estar vivo. Era engraçado e brincalhão, muito criativo e letrado, mas também muito modesto — cheio de um sabor divertido e tranquilo. Jamais conheci alguém como ele.

Foi diagnosticado com Doença de Alzheimer há alguns anos, um mal que, vagarosa, mas implacavelmente, rouba as pessoas de sua memória e identidade. É difícil descrever a desolação que senti quando entendi que, gradualmente, ele estava nos esquecendo a todos. Perder alguém para essa doença é uma experiência muito comum, mas que permanece pouco compreendida e de debate dificultoso.

A perda da memória é uma parte importante na história de *De volta a Blackbrick*. Para mim, a magia de escrever é que, mesmo quando se começa dominado por experiências e sentimentos próprios, você acaba sendo capaz de ocupar as mentes e os corações alheios, e, com isso, termina descobrindo mais a respeito do mundo do que talvez tivesse tido possibilidade. Cosmo, seu avô e as outras pessoas de Blackbrick são personagens completamente fictícias, com cabeças e personalidades próprias, mas, juntos, me ajudaram a lembrar que ninguém que já nos amou um dia parte inteiramente, e que aventura e descoberta nos aguardam em lugares inesperados, talvez principalmente durante os momentos de tristeza e dificuldade na vida.

Sarah Moore Fitzgerald
Limerick
Março de 2012

Este livro foi composto na tipologia Bembo
Std, em corpo 12/17, e impresso em
papel off-white no Sistema Cameron da
Divisão Gráfica da Distribuidora Record.